선방이야기 토굴이야기

선방이야기 토굴이야기

능인 스님

운주사

능인能印스님

1990년 단양 원통암으로 입산入山.
1992년 통도사에서 의룡義龍스님을 은사恩師로 사미계 수계受戒.
1996년 통도사에서 청하淸霞스님을 계사戒師로 구족계 수계.
여러 선원에서 안거安居를 지냈으며,
현재 태백산 토굴에서 정진하고 있음.

선방이야기 토굴이야기

초판 1쇄 발행 2002년 4월 6일 | 초판 4쇄 발행 2021년 9월 10일
글쓴이 능인 | 펴낸이 김시열
펴낸곳 도서출판 운주사

(02832) 서울시 성북구 동소문로 67-1 성심빌딩 3층
전화 (02) 926-8361 | 팩스 0505-115-8361

ISBN 89-85706-78-0 03810   값 10,000원
http://cafe.daum.net/unjubooks 〈다음카페: 도서출판 운주사〉

책머리에

스님들이 여럿이 모여서 함께 정진하는 선방(禪房)은 그만의 맛
이 있다.

숨소리 하나 들리지 않는 적정(寂靜), 구도자(求道者)들의 형형한
눈빛, 법다운 발우공양, 지대방에 둘러앉아 차를 마시며 나누는
한담(閑談), 도반 스님들과의 산책 ……

그곳엔 서로를 공경하는 마음이 있고, 승납(僧臘)에 따라 차례
를 정하는 질서가 있고, 자기의 허물을 대중에게 고하는 자자(自
恣)가 있고, 보름마다 계본을 독송하고 수행자의 마음을 다지는
포살(布薩)이 있고, 목숨이 오가는 법거량의 기개가 있다.

홀로 사는 토굴 역시 그만의 맛이 있다.

홀로 있으면 들려오는 바람소리, 물소리, 새소리, ……

그곳엔 고요한 달빛에 젖어드는 고독이 있고, 솔바람에 낮잠을
자는 여유가 있고, 오솔길을 거니는 한가로움이 있고, 긴 밤을

오롯이 새워 정진하는 몸부림이 있다.

주변 스님들은 나더러 선방체질이라고 하지만, 대중과 함께 있을 때보다 홀로 있을 때 마음이 더 편한 것을 보면 나는 토굴체질인가보다.

홀로 있으면 사는 것이 단순해지고 조촐하게 지낼 수 있어서 좋다. 의식주(衣食住)가 간단하게 되고, 아무런 꾸밈이 없어지기에 나는 토굴살이를 좋아한다.

일상사에 바쁜 사람들에게 조그만 청량제가 되었으면 하는 바람으로 부족함이 많은 글을 내놓는다.

솔내음이 묻어오는 바람이 싱그럽다.

능인 합장

차례

첫째 마당 · 입산入山

산

바람이 씻어주고
구름이 씻어주는
청산에 들어가
산이 될까나.

달빛이 쏟아지고
별빛이 쏟아지는
청산에 들어가
산이 될까나.

꽃이 피고
새가 우는
청산에 들어가
산이 될까나.

형님의 출가出家

나에겐 친구 같은 형님이 있었다. 불교에 대해서 토론을 벌이 곤 했다.

내가 태어나 자란 고향 마을은 조계종 16교구 본사인 고운사(孤雲寺) 아랫마을인데, 형님은 낮에는 농사를 짓고, 밤에는 고운사 고금당선원(古金堂禪院)에 가서 정진을 하였다.

스님들이 수행하는 선방에서 속인(俗人)이 같이 정진한다는 것은 예나 지금이나 대단히 파격적인 일이다.

그 당시 주지스님으로 계셨던 근일 스님의 배려가 있었지만, 그것을 수용해 주신 스님들의 결정은 실로 대단한 일이다.

당시 고운사 고금당선원에서는 하루에 18시간씩 정진을 하고 있었다. 이렇게 정진에 애를 쓰다보면 작은 일에도 신경이 쓰이고 날카롭게 되는데, 그럼에도 불구하고 정진 시간도 일정하지 않은 속인을 선방에 넣어준 것은 매우 이례적인 일이었다.

'수행에는 승속(僧俗)이 따로 없다'고 하시며 입방(入房)을 허락하신 근일 스님과 대중 스님들의 너른 마음으로 형님은 그와 같은 생활을 할 수가 있었다.

형님은 늘 출가(出家)를 결심하고 있었지만 점점 늙어 가시는 부모님 걱정으로 결단을 내리지 못한 채 그렇게 세월을 보내고 있었다.

어느 초여름날 밤이었다.

나와 형님은 마을 어귀로 나가 다리 위에 앉아 이야기를 나누었다.

형님에게 출가할 결심은 확고하냐고 물었더니 그렇다고 했다.

나는 형님에게 이렇게 말했다.

"부모님께서 허락을 하지 않으시면 평생을 기다릴 겁니까?

이 세상에서 부모의 허락을 얻어 출가한 사람이 몇 명이나 되겠습니까?

부처님도 부왕(父王)의 허락을 얻지 못하고 한밤중에 도망을 친 것은 중생들에게 시범을 보인 것 아니겠습니까?

부처님은 외동아들이었는데도 떠났습니다.

출가에 대한 결심만 확고하다면 더 이상 지체하지 말고 떠나십시오."

형님은 나의 말을 듣더니 용기가 난다면서 다음 날 떠나겠다고 하였다.

다음 날 아침, 우리 둘은 시내에 일을 보러 나간다고 하고서 아침 첫차를 타고 동네를 빠져 나왔다.

그 길로 형님과 나는 헤어졌다.

어느 절로 가느냐고 묻지도 않았고, 어느 절로 간다고 말하지도 않았다. 그 뒤로 아버님은 아들을 찾아 고향 근처의 절들을 샅샅이 찾아 다니셨다.

자식에 대한 사랑이 각별하셨던 아버님은 잠을 이루지 못하고 한숨만 쉬며 밤을 지새우셨다.

몇 달 뒤, 방생법회를 다녀오신 어머님께서 형님이 해인사로 입산했다는 것을 확인해 오셨다. 행자들이 산에 가고 없어서 만나지는 못했지만 이름과 입산 날짜를 확인했다는 것이었다.

그 소식을 들으신 아버님은 나를 부르셨다.

"내가 가서 데려올 수도 있지만 절을 시끄럽게 해서는 안 되니 네가 가서 꼭 데리고 오너라."

나는 아버님의 특사가 되어 해인사로 갔다.

행자 생활을 하고 있는 형님을 어렵사리 만날 수 있었다.

형님의 마음은 확고부동하였고 아버님이 찾아올 수 없는 다른 절로 옮기겠다고 하였다. 나는 특사의 임무를 완수하지 못하고 빈손으로 돌아와 그대로 보고를 드렸다.

아버님은 뜨거운 눈물을 하염없이 흘리셨다.

평생동안 농사를 지으시며 잔병 한번 앓으신 적이 없었던 아버님께서 어느 날 가슴이 아프다고 하시길래 병원에 모시고 갔는데 이미 돌이키기 힘든 심한 중병이었다. 거의 식음을 전폐하고 삶의 의욕을 잃어버리시더니 결국 마음의 병이 육체의 병을 가져온 것이었다.

아버님은 수술을 원치 않으셨고 채 6개월이 안 되어 이 세상을 떠나시고 말았다.

아버님께서 돌아가시기 얼마 전, 아버님께서 위독하시다는 소식을 듣고 병원으로 찾아온 스님 아들에게 아버님께선 이렇게 말씀하셨다.

"어디에 있든지 최선을 다하거라. 열심히 정진하거라."

마침내 아들의 출가를 허락하신 것이다. 그리고 이것은 당신의 마음속에 있는 마지막 짐을 벗어버린 것이기도 했다.

아버님이 돌아가셨다는 소식을 들은 형님스님은 선방에서 결제 중이었다. 선원에서는 결제 중에는 절대로 산문 밖을 나가지 못하도록 엄격한 규율이 정해져 있다.

그러나 형님 스님은 '내가 출가한 것은 아버님을 제도하고자 한 것인데 이제 아버님이 돌아가셨으니 왕생극락하시도록 염불이라도 해드려야 한다'고 대중스님들을 설득하여 허락을 얻고 고향으로 달려오셨다.

형님스님은 밤을 새워 지성껏 염불을 하셨고 가족들도 같이 염불을 하였다.

어느 날, 길을 가시던 부처님께서 죽은 사람의 뼈를 보시고 절을 하시는 것을 보고 제자들은 의아하게 생각하였다. 부처님께서는 한량없는 부모의 은혜에 대해 말씀하셨는데 이것이 《부모은중경(父母恩重經)》이다.

너무나 한량없는 부모의 은혜를 들은 제자들이 부처님께 어떻게 하면 부모님의 은혜를 갚을 수 있느냐고 여쭈었다.

부처님께선 '경전을 널리 보시하라'고 하셨다.

세속적 시각으로 보면 형님과 나는 막중한 불효를 저질렀다.

그 불효를 조금이나마 씻을 수 있는 길은 열심히 정진하여 세상 사람들에게 이익을 돌려드리는 것이리라.

10년의 기다림

내가 입산(入山) 출가(出家)를 결심한 것은 고등학교 2학년 때이다.

맏형님께서 불교용품점을 하였기에 평소에 불교서적을 접할 기회가 많았는데, 어느 스님이 쓰신 글에서 도(道) 닦는 것을 '대장부가 일생을 바쳐볼 만한 일'이라고 하신 것을 보고 나도 일생을 도 닦는 데 바쳐보리라고 다짐하였다.

수행자를 가리켜 운수납자(雲水衲子)라고 하듯, 걸망 하나 메면 바람처럼 구름처럼 훌훌 떠나가는 삶이 좋아 보였다. 또한 마음의 번뇌에서 벗어나 생사(生死)에 자재(自在)하고 뭇 중생들을 구제한다는 것은 얼마나 위대한 삶인가? 생각만 해도 가슴 벅차는 일이었다.

입산을 결심한 이후 실제로 입산하기까지는 10년의 세월이 걸렸으나 그 동안 마음이 흔들린 적은 한 번도 없었다.

스님이 되기 위해서는 고등학교 졸업증명서가 있어야 하기에 할 수 없이 고등학교를 다녔고, 부모님 소원을 풀어드려야겠기에 교육대학을 나온 뒤 초등학교 교직에 5년간 몸담았다. 하지만 그동안 내 머리 속은 온통 입산에 대한 생각뿐이었다.

교육대학을 졸업할 때가 되면 배정 희망지역을 적어내는데, 그때 나는 동해 바다에 접해 있는 군(郡)을 모조리 적었다. 산골 마을에서 자라난 데다가, 바다가 없는 충청북도에서 대학을 나왔기 때문에 바다 구경을 할 기회가 적었고, 탁 트인 시원한 바다가 너무나 보고 싶었기에 바닷가에서 살 수 있기를 간절히 바랐던 것이다.

다행스럽게도 원하던 대로 바닷가에 있는 학교로 첫 발령이 났다. 동해안 바닷가에 있는 구룡포와 감포 중간쯤 되는 곳이었다.

바람이 없어 바다가 호수처럼 잔잔한 날 해질녘에 저녁노을이 물드는 바다를 보며, 쪽빛 가을 하늘 따라 눈이 시리도록 짙푸른 가을 바다를 보며, 하얀 달빛이 물결에 일렁이는 밤바다를 보며, 그렇게 5년간을 살 수 있었던 것은 커다란 행운이었다.

몸은 세속에 있으나 마음은 절에 가 있는 생활이 길어지면서 이중인격자(?)가 되어 버렸다. 낮에는 교사로서 아이들에게 애정을 가지고 최선을 다하고, 나머지 새벽시간에는 일찍 일어나 1시간 정도 참선을 하고, 퇴근 후에는 경전을 사경(寫經)*하는 등의 생활을 하였던 것이다.

하지만 이제 더 이상 미룰 수 없었다.

....

사경(寫經): 경전을 베껴 쓰는 일. 경전을 전파하는 중요한 수단의 하나로 여겨져서
　그 공덕이 매우 크다고 찬탄하고 있음. 인쇄술이 발달하지 않았던 시대적 배경을
　가지고 있으나 현재에도 매우 중요시되는 신행활동의 하나임.

입산入山

　　5년간의 교직 생활을 그만 두고 사직서를 쓰고 나올 때의 기분은 실로 하늘을 나는 듯한 것이었다. 감옥살이를 하다가 풀려났을 때의 기분이 이러할까.

　　하지만 산으로 들어가는 발걸음이 그렇게 가벼운 것만은 아니었다.

　　불가(佛家)에 입문하여 제대로 수행하지 못하면 양가(兩家)에 죄를 짓는다는 말이 있다. 낳아 길러 주신 부모님께 불효함이 한 가지요, 평생 시은(施恩)을 지고 불은(佛恩)을 갚지 못함이 또 한 가지이다.

　　세 살 위의 형님이 몇 해 전에 입산한 뒤 상심하신 아버님은 결국 1년도 안 되어 돌아가셨다. 그런데 이번에 나까지 입산하겠다고 하니 고향에 홀로 계시던 어머님은 완강히 반대하셨다.

　　너희 아버지가 돌아가신 이유를 뻔히 알면서 또 가겠다는 것은 나를 보고 죽으라는 말과 같으니 네가 가면 나는 아무도 찾지 못하는 곳에 가서 죽어버리겠다고 하시며 서럽게 서럽게 우시던 모습이 앞을 가로막았다. 겨우 겨우, 3년만 시간을 주면 산에 가서 공부하고 돌아오겠다고 약속하고 입산했으니 이젠 3년 안에 견성성불(見性成佛)하여 생사 해결을 해야 한다는 중압감이 어깨를 무겁게 했다.

중국 천하를 통일한 청나라 순치황제(順治皇帝)는 황제의 자리와 처자식을 버리고 다음과 같은 출가시(出家詩)를 지어 부르며 산속으로 들어갔다.

곳곳마다 총림이요 쌓인 것이 밥이거니
대장부 어디 간들 밥 세 그릇 걱정하랴
황금과 백옥만이 귀한 줄 알지 마라
가사 장삼 얻어 입기 무엇보다 어렵도다

이 내 몸 중국천하 주인 노릇하건마는
나라와 백성 걱정 마음 더욱 시끄러워
인간의 백 년 살이 삼만 육천 날인들
풍진 떠난 명산대찰 한나절에 미칠손가
……

원통암 圓通庵

처음 입산한 곳은 단양군 대강면에 있는 원통암(圓通庵)이라는 작은 암자였다.

마을에서 산골짝으로 십리 정도 걸어 들어가서 다시 산 위로 1시간 정도 걸어 올라가면 인가 하나 보이지 않고 자동차 소리 하나 들리지 않는 곳에 절벽으로 둘러싸인 작은 암자가 있었다.

전기가 들어오지 않아 촛불을 켜고 살고, 솥에 불을 때서 밥을 짓는 원시 생활 그대로 사는 곳이었다. 깎아지른 듯한 절벽에 소나무가 마치 분재한 듯이 자라 있고 바위 속에서 나오는 물은 청량하기 이를 데 없었다.

마당 왼쪽에는 단양 제2팔경의 하나인 칠성바위가 20m 높이로 솟아 있는데 사람이 손을 내밀고 있는 것처럼 손바닥과 다섯 손가락의 모양이 너무나 완연했다.

원통암 마당에는 새둥우리 모양의 작은 둥우리가 있었다. 어떤 노스님께서 만드신 것인데 한 사람이 겨우 들어가서 앉을 만한 이 작은 둥우리 속에서 비가 오나 눈이 오나 쉬지 않고 정진을 하셨다고 한다. 더운 여름날에는 시원한 나무 그늘로 둥우리를 들고 가고, 추운 겨울날에는 양지 바른 곳으로 둥우리를 들고 가서 정진을 하셨는데 그렇게 3년을 사셨다고 한다.

바람에 찢겨져 펄럭이는 비닐 조각과 다 닳아 헤어진 장판 조각은 초발심자(初發心者)* 인 나에게 더 없는 무상법문(無上法門)이 되어 주었다.

원통암으로 입산하고 나서 밤마다 꿈속에 돌아가신 아버님이 무척 화가 나신 표정으로 나타나셨다. 아버님께서는 당신이 그토록 바라셨던 교직에 몸담고 있던 아들마저 입산한 것이 매우 못마땅하신 것 같았다.

하루는 꿈속에서 아버님과 심하게 다투는 꿈을 꾸고 나니 마음이 몹시 불편하였다.

그 날 새벽예불을 올리고 나서 법당에서 혼자 기도를 하였다.

'대자대비(大慈大悲)하신 부처님이시여! 저는 이제 아버지를 설득할 수가 없습니다. 부처님께서 아버지의 마음을 어루만져 주십시오.'

"관세음보살. 관세음보살. 관세음보살 ……"

두 시간 정도 지났을까. 뜨거운 눈물이 쏟아지기 시작했다. 목이 메어 염불을 할 수가 없었다. 나는 결국 부처님 앞에 엎드려 울음을 터트리고 말았다. 내 방으로 와 이불을 뒤집어쓰고서 실컷 울었다. 아버님이 돌아가셨을 때보다도 더 뜨거운 눈물이 솟았다.

"아버님! 이 불효자식을 부디 용서하십시오. 아버님께서 이 길을 허락해 주시지 않으셔도 저는 이 길을 가렵니다. 부디 마음을 돌려주십시오."

그 뒤로는 꿈속에서 아버님이 나타나는 일이 없었다.

주지 스님이 안 계실 땐 내가 새벽 도량석*을 했다.

온통 바위산이라 목탁을 치면 온 산이 쩌렁쩌렁 울렸다.

그 시절 내가 할 수 있는 것은 나옹 선사*의 '토굴가(土窟歌)'뿐이었다.

청산림(靑山林) 깊은 골에 일간토굴(一間土窟) 지어놓고

송문(松門)을 반개(半開)하고 석경(石徑)에 배회하니

녹양춘삼월하(綠楊春三月下)에 춘풍(春風)이 건듯 불어

정전(庭前)에 백종화(百種花)는 처처에 피었는데

풍경도 좋거니와 물색(物色)은 더욱 좋다.

그 중에 무슨 일이 세상에서 최귀(最貴)한고

일편무위(一片無爲) 진묘향(眞妙香)을 옥로(玉爐)중에 꽂아두고

적적(寂寂)한 명창(明窓)하에 묵묵히 홀로 앉아

십년을 기한정코 일대사(一大事)를 궁구(窮究)하니

증전(曾前)에 모르던 일 금일에야 알았구나.

일단고명(一段孤明) 심지월(心地月)은 만고(萬古)에 밝았는데

무명장야(無明長夜) 업파랑(業波浪)에 길 못 찾아 다녔도다.

영축산(靈鷲山) 제불회상(諸佛會上) 처처에 모였거든

소림굴(少林窟) 조사가풍(祖師家風) 어찌 멀리 찾을손가.

청산(靑山)은 묵묵하고 녹수(綠水)는 잔잔한데

두견새 홀로 우니 이 무슨 경계이며

청풍(淸風)은 슬슬(瑟瑟)하고 명월은 교교(皎皎)한데

백운(白雲)만이 유유하니 이 어떠한 소식인가.

일리재평(一理齋平) 나툰 중에 활계(活計)조차 구족(具足)하다.

천봉만학(千峰萬壑) 푸른 송엽 일발(一鉢) 중에 담아두고

백공천창(百孔千瘡) 깁은 누비 두 어깨에 걸쳤으니

의식(衣食)에 무심(無心)커든 세욕(世慾)이 있을쏘냐.

욕정(欲情)이 담박(淡泊)하니 인아사상(人我四相) 쓸데없고

사상산(四相山)이 없는 곳에 법성산(法性山)이 높고 높아

일물(一物)도 없는 중에 법계일상(法界一相) 나투었다.

교교(皎皎)한 야월(夜月)하에 원각산정(圓覺山頂) 선뜻 올라

무공적(無孔笛)을 빗겨 불고 몰현금(沒絃琴)을 높이 타니

무위자성(無爲自性) 진실락(眞實樂)이 이 중에 갖췄더라.

석호(石虎)는 무영(舞詠)하고 송풍(松風)은 화답(和答)할 제

무착령(無着嶺) 올라서서 불지촌(佛地村)을 굽어보니

각수(覺樹)에 담화(曇花)는 난만개(爛滿開)더라.

나무영산회상불보살(南無靈山會上佛菩薩)

....

초발심(初發心) : 처음으로 깨달음을 구하는 마음(보리심)을 일으킨 것을 뜻하며, 초
　　발심자는 그런 사람, 즉 처음 불교에 입문한 사람을 의미한다.

도량석 : 일정한 예식을 통해 도량을 정화하는 행위. 각종 진언이나 천수경, 반야심
　　경, 의상스님의 법성게, 원효스님의 발심수행장 등을 한다.

나옹 선사 : 1320-1376. 고려말의 고승(高僧). 무학대사의 스승. 중국 지공선사에
　　게서 법을 전수 받고 귀국하여 공민왕의 왕사가 되었다.

정진精進

　원통암에는 주지 스님, 공양주 노보살님, 그리고 나 이렇게 세 명이 있었다.

　나는 뒷방 하나를 얻어 밥 먹고 뒷간 볼일 보는 것 외에는 오로지 정진하는 데 전력을 기울였다.

　사람으로 태어나 건강하게 자라서 이제 모든 세상사 접어놓고 이 깊은 산중에 앉았으며, 믿음이 가는 선지식을 의지하여 공부하게 되었으니 이 얼마나 다행한 일인가?

　가족도, 돈도, 명예도, 사랑도 모두 놓아버렸다.

　아무런 속박도 걸림도 없다.

　모든 준비는 끝났다. 남은 것은 오로지 정진뿐!

　내 속에서 일어나는 번뇌는 내 탓일 뿐, 그 누구도 대신해 줄 수는 없다.

성철 스님은 10년이나 장좌불와(長坐不臥)를 하셨다는데 나도 최소한 누워 자지는 말자.

어떠한 것이 부처입니까? 〔如何是佛〕
북악산이 거꾸로 서서 다니더라. 〔北岳山倒立行〕

'왜 북악산이 거꾸로 서서 다닌다고 하셨는고?'
'왜 북악산이 거꾸로 서서 다닌다고 하셨는고?'
'왜 북악산이 거꾸로 서서 다닌다고 하셨는고?' ……???

의심만 여일(如一)하게 이어졌으면 좋으련만 어느새 망상(妄想)이 들어와 의심을 빼앗아 가버린다. 망상은 또 다른 망상을 불러오고, 정신을 차려보면 한참 다른 데 빠져 헤맨 뒤다.

어록(語錄)에 보면

'고양이가 쥐 노리듯이, 낙숫물이 바위를 뚫듯이, 닭이 알을 품듯이, 아이 잃어버린 어미가 아이 생각하듯이, 화롯불을 머리에 이고 있듯이 하라'고 했다.

쓸데없는 망상에 빠져 한참을 헤매고 나면 '이놈아, 뭘 하고 있나!' 하면서 다리를 꼬집고 몽둥이로 마구 때렸다.

'망상에 빼앗겨 있을 때에는 죽은목숨이나 마찬가지다. 큰 호랑이가 입을 벌리고 있는데 화두를 놓쳐버리면 잡아먹힌다. 깊은

바다 속에 있는데 화두를 놓치면 물이 나를 덮친다.'

이렇게 가정해 놓고 화두를 망상에 빼앗기지 않도록 밀고 또 밀어나갔다.

컴컴한 방에서 밤을 지새길 며칠, 어쩌다 거울을 보면 눈빛은 호랑이 눈처럼 빛이 났다. 허벅지에는 시퍼렇게 멍이 들어 있었다.

말을 안 하고 사니 말이 잘 나오지 않았다.

며칠이 지났을까, 어느 날 머리에 앞뒤로 커다란 혹이 생겨났다. 머리가 너무 아파서 한숨도 잠을 이룰 수가 없었다. 사흘 정도 지나자 서서히 혹이 가라앉으면서 살 것 같았다.

혹이 다 사라지고 나자 머리 속이 가을 하늘처럼 텅 빈 것 같고 몸은 깃털처럼 가벼웠다. 마음도 텅 빈 것 같았다.

그런데 이상하게도 화두가 온 데 간 데 없이 들리지 않는 것이었다. 아무리 의심을 꺼내어 보아도 아무 것도 아니었다. 간절한 의심은 없어지고 공부를 시작하기 전과 똑 같았다. 그 정신은 늘 가지고 있는 평상시의 정신이었다.

'내가 생사(生死)에 자재(自在)한 건 아닌 걸 보니 분명 도통(道通)한 것은 아닐 텐데 의심이 되질 않으니 이젠 어떡하나? 도인을 만나 화두를 받았건만 화두가 들리지 않으니 앞으로 공부를 어떻게 하나?'

그렇게 몇 달이 흘러갔다.

그러던 중 객스님이 한 분 오셨다.

"공부를 하려면 목숨을 내놓고 해야 합니다. 지난 철 봉암사 선방에 살던 스님 한 분은 절 마당에 앉아 물 한 모금 마시지 않고 일주일을 용맹정진 했습니다."

하시며 경책하셨다.

그 말씀을 듣고 다시 분심(憤心)을 내었다.

'이렇게 시시하게 해서는 안 되겠다. 목숨을 내놓고 해야지.'

절에서 왼쪽 산모퉁이를 돌아가면 깎아지른 듯한 절벽 아래에 손바닥만한 땅이 있었다. 거기에 열흘 정도 걸려서 방 한 칸에 부엌이 달린 작은 토굴을 하나 지었다.

된장과 호박 하나를 옮겨갔다. 가는 길 중간쯤에 절벽이 있어서 사다리를 치워버리면 아무도 올 수 없는 천연요새였다.

바위 위에 앉아 날이 어두워지고 별이 뜨면 그 옛날 왕궁을 버리고 설산(雪山)으로 들어간 싯다르타를 생각했다. 수많은 역대 선지식들도 이 길을 갔으리라.

그렇게 계절이 두 번 바뀌었다.

둘째 마당 · 천생산 토굴 이야기

무심(無心)

항아리 가득
샘물 담아 놓으면
바람이
구름 데려와
놀다 간다.

꽃향기 가만히
쉬고 있으면
잠자리떼 몰려와
심술을 부린다.

천생산天生山

어느 날, 해인사로 입산하여 3년 전에 스님이 된 속세의 형님이 원통암으로 찾아왔다.

구미 천생산 토굴에 있다고 했다. 무문관(無門關)*처럼 두문불출하고 공부를 하고 싶은데 시중을 들어 줄 사람이 없어서 그러니 같이 가지 않겠느냐는 것이었다.

그 길로 형님스님을 따라 구미 천생산으로 갔다.

천생산은 정상이 너른 분지이고 사면이 깎아지른 듯한 절벽으로 되어 있는 천연의 요새라서 박혁거세가 쌓았다는 천생산성(天生山城)이 있는 산이다.

이 산의 바위는 흙과 모래, 둥근 자갈이 섞여 있는 역암이라서 천연동굴이 많았다.

형님스님이 거처하던 토굴은 커다란 천연바위 밑에다 만든 것인데 작은 법당과 아래위로 방 두 개가 있었다.

전에는 작은 암자였지만 십 년 전부터 스님도 안 계시고 사람들의 발걸음이 뚝 끊어진 곳이었다. 그래서 토굴이라고 부르고 있었다.

위쪽에 있는 바위는 네 마리의 거북이가 몸을 맞대고 머리를 사방으로 내민 모양이고, 아래쪽에 있는 바위는 커다란 두꺼비 모양이었는데 그 배 밑에 방이 있었다.

형님스님은 아랫방을 쓰고, 나는 윗방을 쓰기로 했다.

스님의 방문은 밖에서 내가 걸어 잠그고 하루에 한 번씩 작은 창문으로 밥을 넣어드렸다. 반찬은 된장, 고추장, 간장이면 되었다. 작은 볼일은 플라스틱 통에다 보고 큰 볼일은 비닐 봉지에 담아 작은 창문 밖으로 내놓았다.

형님스님을 따라 나도 열심히 하게 되었다.

식사와 대소변 보는 것 외에는 움직이지 않고 정진에 애를 썼다.

움직임을 줄이니 자연 식사도 줄고, 따라서 대소변도 줄어 대변은 며칠에 한 번만 보면 되었다. 잠자는 시간은 정해두지 않고 지쳐 쓰러지면 그대로 자고, 컨디션이 좋으면 밤을 꼬박 새울 때도 있었다.

대부분의 시간을 앉아서 정진하다보니 다리의 기운이 약해져 돌계단을 오르내리기가 힘들어 지팡이를 짚고 다니게 되었다.

몇 달 뒤 형님스님이 밖으로 나오고 내가 방안으로 들어가게
되었다.

　　형님스님은 밥을 해서 내 방 안에 넣어주고는 자기는 국수를
삶아 봉지에 담아 들고, 토굴 조금 위에 있는 조그만 바위굴에
올라가서 하루종일 정진을 하고 날이 어두워지면 내려왔다.

　　그렇게 몇 달이 흘렀다.

　　어느 날, 형님 스님으로부터 작은 쪽지가 들어왔다. 괜찮으면
차 한 잔 하자는 것이었다. 작은 창문을 사이에 두고 차를 마시게
되었다.

　　정진에 대해 이야기를 나누었는데, 둘 다 밤이 되면 기운이 떨
어져 자꾸 쓰러져 자게 되니 밤에는 법당에서 같이 정진하자는
쪽으로 의견이 모아졌다. 낮에는 각자 정진하고 저녁 6시부터 밤
12시까지는 법당에서 같이 정진하기로 하였다.

　　둘이서 같이 정진하니 훨씬 더 잘 되었다. 한 번 정도 소변을
보러 일어나는 것 외에는 계속 앉아서 정진하였다.

　　그러던 어느 날, 쌀이 떨어져 버렸다.

　　할 수 없이 형님스님이 산을 내려가 쌀을 두 말 사 가지고 산
아래까지 싣고 왔다. 내가 마중을 나가 각자 한 말씩 지게에 지고
올라왔는데 토굴에 도착하자마자 둘 다 어지러워서 쓰러져 버렸
다. 세상이 빙빙 도는 듯이 현기증이 심하여 앉아 있을 수가 없었
다.

후유증이 상당히 오래 가는 통에 그만 정진의 리듬이 흐트러져 법당에서의 정진을 그만 두게 되었다.

그 후 형님스님은 선방으로 가고 나만 혼자 남게 되었다.

무문관(無門關): '깨치지 못한다면 세상을 보지 않으리라'는 각오로 화두에 정진하는 한국 선(禪)불교의 상징. 즉 한번 방에 들어가면 몇 년이고 바깥 세상과 절연하고 오로지 수행 정진만 한다. 중국 송대의 무문혜개선사가 지은 공안집의 이름에서 유래.

삭발削髮

천생산 토굴에서는 물이 아주 귀했다. 쌀 씻은 물을 모아 두었다가 설거지를 하고 빨래는 빗물을 받아 두었다가 했다. 세수도 하지 않고 살았다.

전기가 없는 곳이라 석유 곤로에 밥을 했다. 한 번에 사나흘치를 해놓고 배가 고파지면 하루는 된장, 하루는 고추장, 하루는 간장에 비벼 먹으면 그만이었다.

어느 날 삭발이 하고 싶었다. 물이 귀하다보니 머리를 자주 감지 못해 보기도 싫고 거추장스러웠기 때문이다.

'부처님도 남이 깎아 주었나? 당신 손으로 해치웠지' 하면서 내 손으로 홀랑 깎아버렸다.

머리를 싹 깎았을 때의 시원함이란 이루 말할 수가 없었다. 모든 번뇌가 다 날아가 버리는 기분이었다.

나중에 스님이 된 뒤에, 누가 나에게 왜 스님이 되었느냐고 물으면 나는 머리를 기르기 싫어서라고 대답하곤 한다.

해인사의 경우 행자 생활 때 삭발을 하게 되는데 '삭발식(削髮式)'이라는 의식이 있다. 삭발할 사람을 가운데 앉혀 놓고 모든 행자가 둘러앉아 식순에 따라 의식을 거행하고 참회진언을 외우면서 삭발을 하게 된다. 머리를 깎는다는 것은 속세와의 단절을 의미하고 불가(佛家)에 입문(入門)하는 것을 의미하기 때문에 삭발식의 분위기는 엄숙하다못해 비장하기까지 하다.

그때 세운 서원과 초발심(初發心)이라면 능히 모든 어려움을 이겨내고 대장부의 기개 넘치는 대자유의 삶을 살 수 있으리라.

절에서는 머리카락을 '무명초(無明草)'라고 부른다.

'무명(無明)으로 인해 행(行)이 생겼고, 행으로 인해 식(識)이 생겼고, 식으로 인해 명색(名色)이 생겼고, 명색으로 인해 육입(六入)이 생겼고, 육입으로 인해 촉(觸)이 생겼고, 촉으로 인해 수(受)가 생겼고, 수로 인해 애(愛)가 생겼고, 애로 인해 취(取)가 생겼고, 취로 인해 유(有)가 생겼고, 유로 인해 생(生)이 생겼고, 생으로 인해 노병사(老病死)가 생겼다'는 것이 12연기(緣起)이다.

풀이를 하면 다음과 같다.

"어리석은 한 생각이(無明) 어리석은 행동을 일으켜(行) 어리석은 세계를 인식하게 되면(識), 어머니 뱃속에 들어가 정신과 육체를 만들고(名色), 그 육체 위에 눈, 코, 귀, 혀, 몸, 뜻의 여섯 기관을 만들어(六入), 태어나서는 세상 따라 접촉하다가(觸), 보고 듣고 깨달아 알아(受), 좋아하는 것은 사랑하다가(愛), 마침내는 그것을 취하여(取) 새로운 업을 지으니(有), 그 업에 의하여 새로운 생명체를 탄생시켜(生) 늙고 병들고 죽게 된다(老病死)."

근본 무명(無明)을 잘라버리면 생사(生死)가 없어지는 것이다.

삭발하고 났을 때의 상쾌함은 이 세상 어떤 것에도 견줄 수 없는 시원함이다.

꿈에서 받은 법명(法名)

어느 날, 나도 법명(法名)을 하나 받아야겠다는 생각이 들었다.

그 생각이 꽤나 간절했던지 그날 밤 꿈에 용모가 준수한 어떤 노인이 나타났다. 하얀 두루마기를 입으시고 키가 크신 분이었다.

7살 정도 되어 보이는 어린 동자(童子)가 나에게 오더니 저 분 심부름을 왔다고 하면서 종이 한 장을 내밀었다. 한자(漢字)로 두 글자가 적혀 있었는데 뒷글자는 마음 심(心)자로 확실하게 잘 보였으나 앞 글자는 희미해서 잘 보이지 않았다.

그 동자에게 이야기하니 다시 가서 받아오겠다고 했다. 한번 더 가져온 종이를 자세히 들여다보니 앞 글자가 절 만(卍)자로 보였다. '만심(卍心)'이었다. 이때부터 내 법명은 만심(卍心)이 되었다.

대학 시절 속리산 법주사에 수련대회 가서 받은 법명은 법명(法

明)이다.

나중에 은사 스님으로부터 받은 법명은 묘인(妙因)이다.

그 뒤 공부 스승님으로부터 받은 법명은 능인(能印)이다.

앞으로 연륜과 수행이 깊어지면 법호(法號)는 한옹(閒翁)으로 할 생각이다.

컴퓨터를 사용하고부터 'anandha(아난다)'라는 이름이 또 생겼다. 아난다는 부처님의 사촌동생으로 십대제자 중에서 다문제일(多聞第一)로 불리워지며, 부처님의 곁에서 평생동안 시봉을 한 시자(侍者)이다.

이름이 많아지니 또 다른 걱정이 생겼다. 이름값을 해야 할텐데 …….

지네와의 동거

천생산 토굴은 천장을 쳐다보면 시커먼 바위 그대로였다.

여름엔 바위틈으로 빗물이 새어들어 벽지에 시커멓게 곰팡이가 생겼고, 겨울엔 차가운 석풍(石風)이 일어 방안에서도 털모자를 쓰고 있어야 했다.

촛불을 켜놓으면 석풍 때문에 방안에 바람이 일어 그을음이 생겼기 때문에 호롱불을 켜서 심지를 낮추어 놓고 살았다. 달이 뜨는 날엔 달빛으로 살았다.

어느 날 밤이었다.

사르르르 하는 소리에 어두컴컴한 천장을 쳐다보니 커다란 지네가 기어가고 있었다. 한 뼘이나 되는 지네 여러 마리가 벽을 타고 내려와 방을 빙빙 돌아다녔다. 나중에는 조그마한 지네 새끼까지 나와 방은 온통 지네 세상이었다. 약속이나 한 듯 한꺼번에 쏟아져 나왔다.

그 때가 7월이니 겨울잠 자고 나올 때는 아니고 …….

이상한 일이었다.

여기 온 지 1년이 다 되어갈 동안 보이지 않던 지네가 갑자기 이렇게 많이 한꺼번에 나타나다니? 무슨 연유가 있는 것일까?

가만히 앉아 오늘 있었던 일을 곰곰이 떠올려 보았다.

오늘 낮에 볼일이 있어 시내에 갔다.

구미 시내에 사는 어떤 스님이 내 이름으로 은행 대출을 받기 위해서 내려오라고 한 것이다. 은행 일을 보기 위해 그 스님이 보낸 어떤 보살님과 같이 은행에 갔다.

은행 창구에서 차례를 기다리고 있는데 같이 간 보살님이 빨리 하라고 하면서 내 옷을 잡아 당겼다. 아직 스님이 아닌 상태에서 산 속에서 혼자 지내는 모습이 초라하게 보이는 모양이었다. 순간적으로 화가 나서 그 보살님을 노려보았다. 곧 그 보살님은 내 옷을 놓았다.

그리고 나서 은행 볼일을 보고는 산으로 돌아왔다.

'아하! 오늘 내가 진심(瞋心)*을 내었구나. 옷을 잡아당기든 말든 아무렇지도 않았어야 하는 건데 ……. 저 중생들은 진심을 낸 과보로 저런 몸을 받았는데, 내가 진심을 내니 같이 놀자고 나왔구나. 내가 산채로 지네 지옥에 떨어졌구나' 하는 생각이 들었다.

전에 살았던 분들 중에 지네에게 물려 못 살고 간 경우가 많았다는 이야기는 이미 들어서 알고 있었다.

'지네야, 제발 물지는 말아다오. 여기는 본래 너희들의 집인데 사람들이 나중에 집을 짓고 들어왔으니 너희들이 주인이고 내가 객(客)이다. 너희들이 나를 쫓아내면 나는 아무 곳도 갈 곳이 없는 몸이란다. 이렇게 만난 것도 인연이니 같이 도(道)나 열심히 닦아보자.'

그러고는 지네가 득실거리는 방에서 정진하고 잠을 잤다. 대개 밤 12시에 잠자리에 들어서 아침 6시에 일어났는데, 지네 때문에 잠을 못 이룬 적은 없었다.

앉아 있는 주위를 빙빙 돌아다녔지만 한 번도 물지는 않았다.

....

진심(瞋心): 성내는 마음.

산토끼의 열반

산토끼 한 마리가 자주 마당을 지나다녔다.

어느 날 자고 일어나 보니 마당 돌계단에 누워 죽어 있었다.

아무런 상처도 없었다.

아마 살만큼 살고 죽었나 보다.

나를 보고 묻어 달라고 여기에서 열반에 들었나 싶어서 양지 바른 곳에다 묻어 주고 반야심경을 한 편 독송해 주었다.

'이 인연으로 부디 좋은 세상에 태어나거라.'

다람쥐와의 눈싸움

어느 날 마루에 앉아 있는데 다람쥐 한 마리가 돌담 위에서 앞발을 들고 서서 나를 바라보고 있는 것이었다.

그래서 나도 그 놈을 빤히 쳐다보았다. 그런데 이 놈이 계속 꼼짝을 하지 않는 것이었다.

그래서 눈싸움이 시작되었다.

먼저 움직이는 놈이 지는 것이다. 누가 이기는가 한 번 해 보자.

10분, 20분, 30분 ……

두 시간이 넘도록 그 놈은 꼼짝달싹을 하지 않았다.

"오줌 마려워 더 이상 못 참겠다. 야, 이 눔아, 내가 졌다, 내가 졌어!"

달빛이 좋아서

전기가 들어오지 않는 산중에 보름달이 뜨면 마치 대낮처럼 환하다.

보름달이 뜬 날 밤, 달빛이 너무 좋아 마루에 앉아 있었다.

세상은 고요하기만 한데 소쩍새는 연신 '소쩍 소쩍' 하며 산의 적막을 흔들었다.

초가을 밤하늘은 구름 한 점 없이 청명하기만 하였다.

얼마나 앉아 있었을까?

온 산이 불그스레 물이 드는 것이었다. 이게 무슨 일인가 하고 마당에 나와보니 동쪽 하늘이 붉게 물들어 있는 것이 아닌가?

동이 트고 있었다. 날이 밝아오는 것이었다.

오롯이 밤을 지새우고 맞는 아침은 정말 대단한 환희였다.

하얀 달빛에 묻혀
청산은 깊이 잠이 들었나.
뒷산 너머로
달이 기울 때까지
소쩍

   소쩍

소쩍

   소쩍

목이 쉬도록 산골을 흔들어도
청산은 아무 말이 없더니
소리 없이 아침햇살이 내리면
그제서야 부시시 기지개를 켠다.

모두 콩

가끔 볼일이 생겨 산을 내려가게 되면 세상은 신기하기만 하다.

사람들이 '티코'라고 하는데 그게 먹는 것인지 입는 것인지 나는 몰랐다.

차들이 오가는 것도 사람들이 오가는 것도 너무나 신기하게 보여서 가만히 구경을 한다.

몇 달만에 목욕을 하고 났을 때의 상쾌함이란!

돌아오는 길에 반찬을 몇 가지 사 가지고 와서 잔칫상을 차려 놓고 먹으려고 보면 모두 콩이다.

콩나물도 콩, 두부도 콩, 콩조림도 콩, 된장도 콩이다.

무서움에 떨다

산에 혼자 살고 있으면 사람들은 무서워서 어떻게 혼자 사느냐고 묻는다. 산 속에서 익숙해지면 아무런 두려움이 없이 편안하기만 하다.

흔히 가장 무서운 것은 사람이라고들 하는데 전기도 들어오지 않는 이 깊은 산 속에 석유 곤로와 냄비 몇 개, 그릇 몇 개가 살림살이 전부인 바위 밑 토굴에 도둑이 올 리도 없지 않은가?

혼자 지내는데도 가끔 거울을 보면 얼굴엔 미소로 가득하다. 정진이 여일(如一)하지 못한 게 탈이지 다른 문제는 없다.

어느 날 밤이었다.

제비가 처마 밑에 둥지를 지어 새끼를 기르고 있었는데, 어느날 밤 갑자기 제비새끼의 비명소리가 다급하게 나는 것이었다.

이게 무슨 일인가 하고 나와보니 커다란 지네가 제비새끼를 물고 있는 것이었다. 작대기로 지네를 떼어놓고 제비새끼를 가져다가 광주리에 담아 방에 들여다 놓았다.

자고 나 보니 제비새끼는 죽어 있었다.

제비새끼의 처절한 몸짓과 눈빛, 지네의 잔인함이 못내 잊혀지지 않았다.

이때까지는 산중에서 홀로 지내도 아무런 무서움이 없었는데, 이때부터 갑자기 무서워지는 것이었다. 밤에만 무서운 것이 아니라 낮에도 무서워서 방 밖으로 나가기가 싫어졌다.

모든 생명이 무서워지기 시작했다. 벌레를 잡아먹는 새만 봐도 무섭고, 개구리를 봐도 무섭고, 개미를 봐도 무서웠다.

두꺼비가 벌레를 잡아먹는 것을 보면 무서워서 몸이 덜덜 떨렸다.

모두 살생심으로 가득했다. 그들의 살기가 전해져왔다.

이때까지는 흘러가는 구름과 불어오는 바람은 너무나 평화로웠고, 지저귀는 새소리는 이 세상 어떤 음악보다도 아름다운 노랫소리였으며, 나뭇가지의 흔들림이나 돋아나는 풀 한 포기에도 저절로 미소가 지어졌는데 이제는 모든 것이 무섭기만 했다.

그렇게 무서움에 떨기를 며칠, 어느 날 고요히 앉아 마음을 살펴보았다.

'이 두려움은 어디에서 왔는가? 육근(六根)*이 바깥경계에 닿아 관념을 낳았기 때문이다. 눈으로 보고 귀로 듣는 감각이 모양과 소리에 닿아 무섭다는 의식이 생겨났고, 그런 의식으로 말미암아 스스로 공포의 관념 속에 빠져있는 것이다.

오온(五蘊)*과 육근은 본래 무상(無常)하여 실체가 없는 것이다. 모든 물질과 마음의 바탕은 공(空)한 것인데 공연히 내가 달그림자를 만들어낸 것이다.

두려움의 실체는 존재하지 않는다. 스스로 허공에 꽃을 만들어 놓고 꽃향기에 취한 것이다.'

마음을 정리하고 나니 두려움은 사라지고 일상으로 돌아왔다.

육근(六根): 여섯 가지 인식기관, 즉 안이비설신의(眼耳鼻舌身意).
오온(五蘊): 각각의 존재의 5가지 구성요소, 즉 색수상행식(色受想行識).

쑥떡이나 드이소

어느 봄날, 토굴 마당에 쑥이 파랗게 자라난 것을 보고 갑자기 쑥떡이 생각났다.

'야! 쑥떡 해 먹으면 참 맛있겠네.'

그 다음 날이었다.

웬 아주머니가 어린아이 둘을 데리고 왔다. 어린이날이라 산에 놀러왔다는 것이다.

"가져온 것은 쑥떡밖에 없으니 쑥떡이나 좀 드이소."

쑥떡 한 봉지를 주고 갔다.

어느 겨울날, 갑자기 딸기가 먹고 싶었다.

그 다음 날 저녁 무렵이었다.

대구에 사시는 웬 할머니가 20년만에 겨우 찾아왔다면서 법당에 들어가 절을 하고 갔다.

법당에는 싱싱한 딸기가 올려져 있었다.

내가 아는 한 스님은 어떤 사람이 술에 취해 절에 와서 행패를 부리는 것을 보고 '저런 사람은 살아있을 가치가 없는데 ……' 하고 마음속으로 생각했는데 며칠만에 그 사람이 갑자기 죽었다는 소식을 들었다고 한다.

우리는 '조심해라'라는 말을 자주 쓴다.

조심(操心)이라는 말은 잡을 조(操), 마음 심(心)으로, '삼가 마음을 써서 그릇되지 않도록 주의함'이라는 말이지만, 조심(照心), 또는 조심(調心)으로 보아도 될 것이다.

《천태소지관》에서는 선정을 처음 닦을 때는 먼저 조신(調身), 조심(調心), 조식(調息)을 배우라고 하였고, 《좌선의》에서도 참선의 방법을 설명하면서 조심(調心)을 들었으며, 원효대사는 약수지자(若修止者)를 풀이하면서 아홉 가지 중 다섯 째로 조순(調順)을 말하였는데, 조순이란 '마음이 부드러워져서 사나운 말처럼 자꾸 바깥 세계에 달려나가려 하지 않게끔 된 것'이라고 하였다.

조심(照心)하지 못 했을 때, 즉 자기의 마음을 잘 비추어보지 못했을 때 탈이 나게 된다.

늘 조심해야 한다. 조심(照心)은 곧 수행이다. 살얼음 밟고 강을 건너는 것과 같이 하라는 말은 조심조심하라는 말이다.

조심공부 최제일야(最第一也)라는 말도 있다.

걸프 사태

전기가 들어오지 않으니 TV도 없고 냉장고도 없다. 라디오도 없고 신문도 없다.

어느 날 예비군 훈련을 받으러 갔다. 몇 달만에 산을 내려간 것이다.

교관이 강의 중에 자꾸 '걸프 사태'라는 말을 한다. 나는 걸프 사태가 도무지 무슨 사태인지 알 수가 없어서 옆 사람에게 '걸프 사태'가 무슨 사태냐고 물어 보았다.

갑자기 내 주위 사람들의 시선이 나한테로 집중되었다. 모두들 이상한 눈초리로 바라보았다.

'혹시 간첩인가?'

'머리를 빡빡 깎은 걸 보니 담이 높은 집에서 금방 나왔나?'

아마 간첩도 걸프 사태에 대해 알고 있었을 것이다.

전 세계인이 다 아는 걸프전을 모르다니 이상하게 느껴졌을 것이다.

그 때가 걸프전이 끝나갈 즈음인데 걸프전을 모르다니!

나는 그 때 걸프전 얘기를 처음 들었다.

들국화 화장실에서

절에서는 화장실을 해우소(解憂所)라고 부른다.

해우소에서 외는 진언(眞言)[*]이 있는데 그 첫머리는 '버리고 또 버리니 큰 기쁨일세'이다. 비우는 것은 큰 기쁨이다.

절간의 해우소는 그 깊이가 무척 깊다.

스님 셋이서 자기 절 뒷간 자랑을 했다.

"우리 절 뒷간은 볼일을 다 보고 일어나면 그제서야 '척' 하는 소리가 들린다."

옆에 있던 스님이 말했다.

"우리 절 뒷간은 아침에 볼일을 보고 저녁에 들어가면 그제서 야 '척' 하는 소리가 들린다.

또 한 스님이 말했다.

"우리 절 뒷간은 정월 초하룻날 볼일 본 소리를 아직도 들어보지 못했다."

천생산 토굴 해우소는 이 세상에서 최고의 해우소였다.

커다란 고무통 위에 길다란 나무토막 두 개를 걸쳐놓은 것이 전부여서 비가 오면 우산을 쓰고 볼일을 보고, 밤에는 별을 보면서 볼일을 보아야 했지만, 주위에 들국화가 가득 피어 있어서 꽃밭으로 된 해우소였다.

향긋한 들국화 내음을 맡으며 따스한 햇살 아래 궁둥이를 내놓고 느긋하게 볼일을 보고 있노라면 호텔 화장실은 아무 것도 아니다.

바람 한 점 없는 가을날 오후, 밝은 햇살은 고요하기만 한데 붉게 물든 낙엽이 툭 떨어지는 것을 보면서 들국화 해우소에 앉아 이렇게 읊조려 보았다.

바람은
고개 너머 돌장승 아래
잠이 들고
노을 빛 물든 잎사귀 위로
한 뼘
살며시 햇살이 다가서면
미련 없이 떠나는 사람 마냥

훌훌

떨어져 내려

국화 향기 가득한 가을 마당에

일렁

노오란 파문이 번진다.

....

진언(眞言): 진실하여 거짓이 없는 말이라는 뜻으로, 불교에서 깨달음이나 서원을
　　나타내는 말.

신장神將 유감

천생산 토굴에는 바위 밑에 작은 법당이 있었다.

관세음보살상을 모셔 놓았는데 그 불상이 이곳에 오게 된 연유는 이렇다.

이 불상은 근대의 큰스님 수월 스님께서 평소에 모시고 계시던 원불(願佛)이었는데, 어느 날 한쪽 방향으로 방광(放光)을 하였다고 한다.

'이 부처님이 다른 곳으로 옮겨 가시려나보다' 하시며 걸망에 짊어지고 빛이 비친 방향으로 길을 떠났다.

그러다가 소낙비를 만나 길가에 있는 어느 집으로 비를 피하기 위해 들어갔다. 그리고 비가 그치길 기다리며 사흘을 보내게 되었다.

그런데 그 집 안주인 보살님이 자나깨나 '관세음보살'을 부르는 것이었다. 왜 그렇게 열심히 '관세음보살'을 부르느냐고 물어

보았더니 작은 절을 하나 지어 관세음보살을 모시고 살고 싶다고 하는 것이 아닌가? 그래서 모시고 있던 불상을 내어 드렸다고 한다.

조그만 목불(木佛)인데 모양이나 채색으로 봐서 중국에서 넘어온 불상 같았다.

어느 날 등산객 몇 명이 오더니

"이 절엔 여자 부처를 모셔놓았네."

하면서 떠드는 소리에 놀라 심장이 몹시 뛰었다. 전기도 들어오지 않고 사람도 없는 곳에서 혼자 살다보니 사람들의 말소리를 들을 일이 적었고, 밤낮 방안에서 벽을 향해 앉아 참선에 몰두하다보니 신경이 예민해져서 작은 소리에도 놀라게 되었다.

그래서 호법신장들을 원망했다.

'아니, 불법(佛法)과 수행자들을 지키겠다고 서원을 했으면 내가 비록 스님은 아니지만 그래도 오로지 수행 목적으로 이 산중에 와 있는데, 등산객들을 못 오게 하든지 조용히 지나가게 해야지 이렇게 놀라게 만들다니 ……'

그 날 이후로 내가 이젠 살만하니 괜찮다고 할 때까지 석 달 동안 한 사람도 절 마당을 지나가지 않았다.

올라오던 사람들은 절이 보이면 잘못 왔다고 하면서 내려가 버렸고, 내려오던 사람들도 절 근처에 오면 길도 없는 다른 곳으로 가 버렸다.

군인 때문에

꿈은 다 허망한 것이다.

잠재의식의 작용으로 온갖 꿈을 자기 스스로 만드는 것이다.

참선 공부하는 사람이 꾸는 꿈 중에는 단골 메뉴가 있는데 그 중에 하나가 물 꿈이다.

열심히 정진했을 때에는 금붕어가 평화롭게 노니는 맑은 연못이나 시퍼런 바다가 보이고, 제대로 정진하지 못 했을 때에는 흙탕물이나 물이 다 말라버린 연못이 보인다.

또 한 가지는 고향 꿈이다.

정진을 잘 했을 때에는 온 동네 사람들이 모두 나와 반겨주지만, 정진을 잘 못했을 때에는 눈밭을 걸어 겨우겨우 찾아가면 온 동네 사람들이 나와 돌을 던지며 쫓아내 버린다.

또 한 가지는 어디론가 가는 꿈이다.

꿈속에서 버스나 기차, 비행기를 타고 어디론가 가는 꿈을 자주 꾸게 되는데 컨디션이 좋을 때에는 슈퍼맨처럼 날기도 하지만 컨디션이 나쁠 때에는 온갖 고생을 하게 된다.

천생산 시절, 정진을 열심히 하지 않고 게으름을 피우면 꿈속에 군인이 나타나 정강이를 걷어차기도 하고 심할 땐 야구 방망이로 엉덩이를 맞기도 했는데 생시와 똑 같이 아팠다. 그래서 공부 아닌 짓은 할 수가 없었다.

한 번은 어떤 스님이 갑자기 와서 같이 살자고 했다. 나는 아직 정식으로 스님이 된 것이 아니니 스님과 같이 살면 여러모로 불편할 것 같았다. 어디로 갈까 하고 궁리를 하다가 오갈 데 없는 신세가 처량하기도 하고, 겨울 준비를 다 해놓은 뒤에 동안거(冬安居) 결제 직전에 와서 살겠다고 하는 그 스님이 괘씸하기도 해서 공부를 내팽개치고 잠을 자버렸다. 그런데 꿈속에서 어떤 군인이 나오더니 한 마디 말도 없이 마구 때렸다. 군인 때문에 도저히 잠을 잘 수가 없었다. 그래서 자다말고 일어나 정진을 하였다.

그 스님이 며칠 살다 간 뒤, 몇 달이 지나 또 어떤 스님이 살려고 왔다.

나는 또 어디로 갈까 하고 고민을 하다가 잠이 들었다.

꿈속에서 예비군 훈련을 받고 나서 집으로 가려고 하는데 방위병 한 사람이 나에게 오더니 집에 가지 말고 기다리라고 하였다. 조금 있으니 모자에 별이 번쩍번쩍하는 사단장이 나에게 오더니 가지 말고 여기에 있으라고 하였다.

꿈을 깨고 나니 나더러 다른 곳으로 가지 말고 이곳에 그냥 있으라는 말인가 보다 하는 생각이 들었다.

그 다음 날 아침이 되자 바위 밑에 살면 건강이 나빠진다고 하면서 그 스님은 아침 공양도 하지 않고 허겁지겁 산을 내려가 버렸다.

절에서는 군인 꿈을 신장(神將) 꿈이라고 한다.

어느 스님은 매일 부처님 정면에 누워 잠을 잤는데 하루는 꿈에 갑옷을 입고 칼을 든 장수가 나오더니 밟고 지나가 버렸다. 그 스님은 사지가 굳어서 일어나지도 못하고 말도 못했다고 한다.

쥐가 스승이 되어주다

모든 수행(修行)은 한 마디로 말하면 정신집중이다.

일념(一念)은 곧 무념(無念)이고, 무념(無念)은 곧 본성(本性)이요 부처이기에 일념이 되도록 애를 쓰는 것이다.

참선(參禪)은 화두(話頭)로써 일념이 되도록 애를 쓰는 것인데 이것을 정진(精進)이라고 한다. 정진을 하다보면 중요한 시기가 있다. 그 고비에서는 온 힘을 쏟아 부어야 한다. 그렇지 못하면 마치 무거운 짐수레를 끌고 오르막을 올라가다 힘이 빠지면 아래로 미끄러져 내려가는 것처럼 진보가 없게 된다.

하루종일 정진을 하다보면 밤늦은 시간에는 정신적, 육체적 기운이 떨어져 정신이 자꾸 산만해지고 정진이 잘 되지 않게 된다. 이렇게 정신과 육체가 흐트러질 때면 누군가 채찍질을 해 주었으면 하는 생각이 들게 된다.

천생산 토굴에서 혼자 정진을 할 때의 일이다.

중요한 시기라서 틈을 주지 않고 정진을 하여야 하는데 밤이 되면 기운이 떨어져 자꾸만 쓰러져 자는 것이었다.

그런데 자다보면 쥐가 기둥을 갉아대는 '빠스락 빠스락' 하는 소리 때문에 잠을 깨게 되었다. 깨어 있으면 소리가 나지 않고 쓰러져 자다보면 또 '빠스락 빠스락' 하는 소리에 잠을 이룰 수가 없었다.

평소에 쥐 소리가 났으면 그저 그런가 할 터였다. 하지만 평소에는 쥐 소리가 전혀 나지 않았는데 '지금은 잠을 자지 않고 정진을 계속 밀어부쳐야 하는데 ……' 하는 생각을 한 뒤부터 잠만 자면 쥐가 나무기둥을 쏠아대는 소리가 나니 참으로 이상한 일이었다.

평소 같았으면 잠을 잘 수 없도록 하는 쥐가 얄미웠겠지만 그때는 잠을 이루지 못하게 하는 그 쥐가 너무나 고마웠다.

누워 자다보면 쥐 소리에 깨어 벌떡 일어나 앉게 되고, 앉아서도 툭 하면 잠에 빠지기 일쑤였는데 쥐 소리에 잠을 깨고 정신을 가다듬어 정진을 하게 되었으니 쥐는 나의 스승이 되어주었다.

비마悲魔와 희마喜魔

화두(話頭)를 들고 공부하는 경우, 처음에는 오로지 화두 일념을 목적으로 망상에 빼앗기지 않고 여일(如一)하게 지속이 되도록 애를 써야 한다. 온 정신의 힘을 모아 화두의 의심으로 밀고 또 밀어나가야 한다.

잡념이 들어오면 정신을 차려 화두를 드는 것 외에 특별한 묘약(妙藥)은 없다. 하루에도 수천 번, 수만 번 화두를 챙기는 것이다.

그러나 정신을 집중하여 밀어나가지 않으면 아무런 소득이 없다. 일체처(一體處) 일체시(一體時)에 오로지 화두 일념이 되도록 틈을 주지 않고 애를 쓰고 또 써야 한다.

이렇게 여러 날, 여러 달을 애쓰다 보면 간절한 의심이 녹아 평상시 정신으로 돌아가 공부하기 이전의 정신과 같아지게 된다.

이것은 육식(六識)이 녹아 마음이 약간 공(空)해져서 생기는 현상으로 정상적인 과정이다.

여기서부터는 간절한 형체의 의심은 아닐지라도 가끔씩 화두로써 쇠쐐기를 박아가면서 정신을 가다듬어 망상이 없는 정신을 지속해 나가면 된다. 이 정신이 곧 의정(疑精)인 것이다.

이 화두의 정신, 즉 의정이 완전하여 순일무잡(純一無雜)하면 활연대오하게 되는 것이다.

마음이 공(空)해져서 텅 빈 것처럼 느껴지고, 간절한 의심이 녹아 평상시 정신에 불과한 정신으로 정진을 하다보면 자기도 모르게 마음이 슬퍼질 때가 있다.

아무런 이유도 없이 자꾸만 눈물이 나오고, 세상이 슬프게만 보이고, 사는 낙(樂)이 없어진다.

이것은 비마(悲魔)에 빠진 것이다.

오랜 다겁생래에 형상 속에서 살아온 습관이 조금 녹으면서 자기도 모르게 허무감을 느끼게 되는 것인데, 슬프다는 감정도 한 가지의 형상이므로 그것을 떨쳐버리고 평상심을 가져야 한다.

여러 날 정진에 애를 써서 화두의 정신이 앉으나 서나 누우나 변함이 없고, 정신을 차리거나 가만히 놓아두고 있거나 간에 아무런 차이가 없이 똑 같은 상태가 되면 자기도 모르게 환희심이 생겨나게 된다.

바람소리, 물소리가 법문 아닌 것이 없고, 세상이 너무나 신기하게 보인다.

아무런 이유도 없이 마음이 즐겁고 유쾌하여 날아갈 듯하게
된다.

그러나 이것은 희마(喜魔)에 빠진 것이다.

기쁘다는 감정도 한 가지의 형상이므로 한쪽으로 치우친 것이
다.

천생산 토굴 시절, 어느 날이었다.

방에서 정진을 하다가 소변을 보러 마당에 나왔는데 정진을
할 때의 정신 그대로였다.

애써 지속하던 화두의 정신이 꽉 차서, 앉아 있을 때나 움직일
때나 똑 같고, 정신을 차려도 가만히 놓아도 똑 같아지고 나니
가슴 벅찬 환희심이 솟아났다.

흘러가는 구름을 보고 있으면 저절로 미소가 지어지고, 지저귀
는 새소리는 즐거운 노랫소리로 들리고, 흔들리는 나뭇가지는 흥
에 겨워 춤을 추는 듯했다.

마당에 개미가 기어가는 것이나 파리가 날아다니는 것이 너무
나 신기하였다.

산 속에서 혼자 있는데도 세상이 극락이었다.

며칠이 흐르면서 아무래도 공부 점검을 받아보아야겠다는 생
각이 들었다.

그래서 평소에 공부를 점검해 주시는 스승님을 찾아뵈었다.

스승님께서는 내가 아무런 말씀을 드리지 않았는데도 이렇게

말씀하셨다.

　본래의 마음은 시방(十方)과 주위가 없으며, 색깔이 없고 모양이 없고 냄새가 없음으로서 모든 것이 하는 것이 없는 것입니다.
　없는 것도 없고, 그 없는 것조차 없는 것이 본 체(體)인 고로, 이미 낙(樂)도 고(苦)도 없음으로서 그 이름 왈 극락(極樂)인 것입니다.
　낙이 있을진댄 반드시 고가 따르는 것입니다. 그러면 낙이라는 자체의 낙이 있을진댄 실지 낙이 아닌 것입니다. 낙도 없으며 거기에 고도 함께 없는 것을 이름해서 극락이라고 하는 것입니다.
　이미 극락 자체에 들어가서 모든 것을 행하고 쓸 때, 행함이 없음이요 씀도 없음이니, 이것은 서로가 없는 무상대도(無上大道)를 이룬 것입니다.

　필요할 때 공부를 점검해 주시는 스승님이 계신다는 것은 얼마나 다행한 일인가?

산새들의 겨울 양식

　천생산 토굴 마당 앞에 감나무가 한 그루 있었다.

　달걀처럼 동글동글하게 생긴 감이 떨어지지 않고 달린 채로 곶감이 되었다. 겨울이 되면 매일 아침 산까치들이 떼를 지어 날아와 맛있게 먹고 갔다. 나는 잠에서 깨면 움직이지 않고 두 시간 정도 가만히 앉아 있다가 아침 공양 준비를 하러 나가는데, 그 때쯤 산까치들이 무리를 지어 날아오곤 했다.

　밝아오는 햇살에 긴긴 겨울밤이 물러가고 난 뒤, 고요하기만 하던 산중에 산새들의 신선한 날개짓과 활기찬 지저귐은 청량한 활력소가 되어 주었다.

　그러던 어느 날, 한 무리 등산객들이 지나간 뒤 기분이 이상하여 나와 보니 감이 단 한 개도 남아 있지 않았다.

　한겨울에 그대로 달려 있는 곶감을 보았으니 먹음직스러웠으리라.

'이 쥑일 놈들, 저거는 밑에 가면 먹을 게 천지삐까리면서 ……'

방에 들어가 고요히 앉아서 '내가 무슨 죄를 지었길래 이런 일이 생겼나?' 하고 살펴보았다.

한 십 년 전쯤, 김천 황악산으로 등산을 갔는데 어느 암자 마루에 먹음직스러운 곶감이 있었다. 그 곶감을 스님들 몰래 몇 개 슬쩍 해버린 기억이 떠올랐다.

'인과응보(因果應報)로구나!'

그 다음 날 아침, 어김없이 산까치들은 찾아왔다.

휑 하니 빈가지만 남은 감나무를 본 산까치들은 '까악 까악' 하면서 난리였다. 내 가슴이 오려내는 듯이 아파왔다.

'미안하다 산까치들아, 다 내 잘못이다.'

그 다음 해 가을이 되었다.

종이에 이렇게 썼다.

〈이 감은 산새들의 겨울 양식이니
등산객 여러분께서는 절대 따먹지 마십시오〉

시내에 내려가서 코팅을 해 가지고 와서 감나무에 잘 보이도록 매달아 두었다.

그 해 겨울 내내 산까치들이 날아와 맛있게 먹었다.

그 해 겨울은 나나 까치나 참 행복했다.

74

약수藥水

천생산 바위 토굴에서 아래쪽으로 약 100m쯤 내려가면 예전에 어떤 스님이 기거하던 판잣집이 하나 있었다. 얇은 합판과 스티로폼으로 벽을 두르고 지붕은 슬레이트로 덮었는데, 바람이 불면 '찌그덕 찌그덕' 하는 소리가 나고 금새 집이 송두리째 날아가 버릴 것만 같은 허름한 집이었다.

사람이 오랫동안 살지 않아서 마당엔 잡초가 무성했는데, 어느 날 심기일전(心機一轉)하는 기분으로 이 판잣집에서 지내기로 하였다.

집 옆에는 바위에서 나오는 약수(藥水)가 있었다. 수량이 많지는 않았지만 산 중턱에서 물이 나온다는 것만으로도 다행한 일이었다.

아무런 시설이 되어 있지 않는 약수였는데 무더운 여름날에는 커다란 두꺼비 한 마리가 몸을 담그고 더위를 식히곤 했다.

물을 길으러 가면 두꺼비는 눈을 꿈벅꿈벅하며 쳐다보았다.

나는 두꺼비가 목욕한 물을 내내 그냥 먹고 살았다.

두꺼비가 시원하게 목욕을 했으니 그야말로 감로수(甘露水)가 아닌가?

가끔 등산객이 오면 저기 약수가 있다면서 우루루 몰려와서는 두꺼비를 보고는 모두 그냥 가버렸다.

더럽다는 관념 때문에 시원한 약수를 먹지 못하고 돌아서는 사람들!

두꺼비가 몸을 담구긴 해도 오염원이라곤 하나도 없는 이 산속의 샘물이 약품 처리한 수돗물보다는 나을텐데 ……

공부 마치고 만나자

　어머님과 헤어질 때 어머님 회갑 때에는 고향에 찾아올 테니 그 외에는 기다리지 마시라고 하고 떠나왔었다.

　3년 가까이 세월이 흘러 어머님 회갑이 다가왔다. 그 동안 단 한 번도 연락한 적이 없었으니 얼마나 걱정을 하셨을까?

　안 가면 약속을 어기게 되고, 가자니 수행하는 사람이 사사로운 일로 산을 내려가도 되는가 하는 생각이 들었다.

　일단 전화를 해 보기로 했다.

　어머님께서는 이렇게 말씀하셨다.

　"열심히 공부해서 다 마치고 만나자. 회갑 잔치는 안 하니 오지 마라. 열심히 정진해라."

　눈물이 핑 돌았다.

　자식들 다 떠나고 혼자 남으셔서 한숨으로 밤을 지새우고 달력만 쳐다보며 날을 꼽아 기다리시던 어머니.

어디에 있는지, 죽었는지 살았는지 애타게 소식만 기다리시던 어머니.

그렇게 보고싶은 마음 다 접어두시고 아들 도(道) 닦는데 지장이 있다고 오지 말라 하시는 어머니.

아! 어머니!

당신은 관세음보살입니다.

산으로 돌아오며 관세음보살을 부르고 또 불렀다.

어머니! 나의 어머니!

셋째 마당 · 선방 이야기

니르바나의 언덕

사무친 외로움 끌어안고
영원한 침묵 속으로
니르바나의 언덕을 향해
떠나자, 길 떠나자.

피어나는 꽃잎의 떨림같이
두 손 고이 모으고
가만히 눈 감으면
떠오르는 님의 미소.

눈물 한 방울
툭 떨어지면
언제나 변함없는
님의 품, 님의 향기.

행자 생활

어느 정도 공부가 자리를 잡자 여러 스님들이 모여 공부하는 선방에 가고 싶어졌다. 우물안 개구리가 되긴 싫었다. 너른 세상이 보고 싶었다.

선방에 가기 위해서는 정식으로 수계(受戒)*하고 스님이 되어야 했다. 스님이 되기 위해선 행자 생활을 마치고 행자 교육을 받아야만 한다.

큰절 행자 생활은 질서와 규율이 무척 엄격하고 눈코 뜰 새 없이 바쁘다.

나는 몇 년간의 토굴 생활로 몸이 많이 쇠약해져 있었다. 대부분의 시간을 앉아 있다보니 다리 힘이 약해져 계단 오르내리는 것도 힘이 들었다.

경주 남산에 있는 작은 절에서 행자 생활을 하게 되었다.

큰절에서는 행자들이 공양 준비를 하지만 여기에서는 공양주

보살님이 계셨기 때문에 하루 세 번의 예불과 백일 기도하시는 스님 뒷바라지와 도량 정리만 하면 되었다.

그렇지만 하루에 세 번씩 하는 108배만 해도 몸이 약해진 나에게는 무척 힘드는 일이었다. 거기다가 외울 것이 많아서 무척 애를 먹었다.

무슨 일이 생겨 스님이 나가라고 쫓아내면 무조건 잘못 했다고 빌고 참회 300배를 했다. 한번은 더운 여름날, 도량 주위의 풀을 베면서 혼잣말로 덥다고 했는데 그것이 스님 귀에 거슬렸는지 당장 나가라고 하셔서 잘못했다고 빌고 참회 300배를 하고 겨우겨우 넘어간 적도 있다.

나중에 내가 스님이 된 뒤에 해인사 선원에 살 적의 일이다.

오후 불식(不食)*을 했기 때문에 저녁 공양 시간에 혼자 포행을 나갔다. 일주문에서 어떤 청년을 만났다. 그 청년은 일주문에서 꼼짝을 않고 서 있더니 나를 보고 이렇게 물어왔다.

"스님, 행자실에서 쫓겨났는데 어떻게 하면 좋겠습니까?"

이 청년은 해인사로 입산한 지 며칠 되지 않아서 아직 삭발도 하지 않은 상태였다.

해인사에서는 처음 행자로 들어오면 일주일 동안 공양간 출입문 입구에 가만히 서 있게 한다. 이 일차 관문을 통과하면 삭발을 하고 행자 생활을 하게 된다. 일주일간 마음 정리할 시간을 주는 셈이다. 이 기간에는 한 마디 말도 해서는 안 되었다. 그런데 이 청년이 이를 어기고 말을 하여 쫓겨나게 된 것이다.

해인사에서의 행자 생활은 매우 엄격하다.

조금만 잘못해도 몇 시간씩 꿇어앉아 있기도 하고, 참회 3천배를 하기도 하고, 심지어 쫓겨나기도 한다.

그래서 스님들은 행자 때 지은 복으로 평생 산다는 말까지 있다.

⋯⋯⋯⋯⋯⋯⋯⋯⋯⋯⋯⋯⋯⋯⋯⋯

수계(受戒): 계를 받는 일, 즉 부처님이 제정한 계율을 어기지 않겠다고 서약하는 것으로, 불문에 들어서는 첫단계.

오후 불식(午後不食): 부처님 당시의 초기에는 출가자들에게 공양(식사)은 탁발에 의해서 정오 이전 하루 한 끼만을 먹도록 하였다. 물론 이는 이후 많은 변화가 있어서 저녁까지 허용되었지만, 아직도 부처님 당시의 정신을 살려 이를 지키는 수행자가 많이 있다.

행자 교육

조계종에서는 행자 생활을 1년 이상 한 행자들만 모아서 3주일 동안 행자 교육을 한 다음 사미계(沙彌戒)* 수계식(受戒式)을 한다.

행자 교육 첫날, 서류 심사와 면접, 신체 검사를 한다. 갖추어야 하는 서류에는 신원증명서, 건강진단서, 최종학력증명서 등등 여러 가지가 필요하다.

전과가 있으면 안 되고, 학력은 고졸 이상이어야 하고, 결혼한 사람은 이혼한 뒤로부터 6개월이 지나야 하고, 나이는 40세 이하여야 한다.

병원에서 받은 종합 검사 결과 아무런 이상이 없다는 건강진단서를 제출하고 나서도 다시 엄격한 건강진단과 신체 검사를 받는데, 문신이 있거나 심한 흉터가 있으면 불합격이다.

이런 절차를 통과했더라도 교육 기간에 벌점을 많이 받으면 퇴방을 당하고, 시험 점수가 나쁘면 또 불합격이다.

절에서도 시험으로 인해 스트레스를 받다니 …….

3주일 교육 기간에는 묵언(默言)*과 오후 불식(不食)을 철저히 지켜야 하고, 뒷간에 갈 때에도 차수(叉手)*를 하고 줄을 지어 땅만 보고 가야 한다.

부처님 생애, 《초발심자경문》, 《사미율의》 등 여러 과목에 걸친 강의 외에도 가사 수하는 법, 목탁 치는 법, 예불하는 법, 재 지내는 법 등 여러 가지를 배운다.

통도사 일주문 저 멀리서부터 세 걸음마다 한 번씩 절하는 삼보일배(三步一拜)를 하면서 부처님 진신사리탑을 향해 400명의 행자들이 나아가는 모습은 너무나 장엄했다.

"지심귀명례 석가모니불"

"지심귀명례 석가모니불"

"지심귀명례 석가모니불"

교육 마지막 날 밤에는 밤을 새워 부처님 진신사리탑에서 별을 보면서 3천배를 했다.

수계식을 마치고 산문(山門)을 걸어나올 때의 기분이란!

사미계를 받고 나면 사미승이라 한다. 예비스님이라는 말이다.

사미계를 받은 지 4년이 지나서 구족계를 받아야 온전한 스님이 된다. 그 동안 강원을 나오거나 선방을 다닌 안거증(安居證)을 갖추어야 한다.

구족(具足)이라는 말은 발을 갖추었다는 말이다. 발이 있어야 어디든지 갈 수가 있듯이 계(戒)를 수지(受持)하여야 피안(彼岸)에 이를 수 있다는 말이다. 계는 강을 건너는 나룻배와 같다고 하겠다.

구족계(具足戒)* 산림(山林) 때에도 시험을 쳐서 성적이 나쁘면 퇴방(退房)이다. 구족계를 받고 나서는 이제는 끝이겠지 했는데 3급 승과고시, 2급 승과고시가 기다리고 있다.

시험이 없는 세상은 어디에 있을까? 시험이 없는 세상에 살고 싶다.

부처님이시여! 부디 저를 시험이 없는 세상에 살게 하여 주옵소서!

··

묵언(默言): 말을 하지 않는 것으로, 불교에서 수행의 한 방편으로 사용한다. 다른 사람과 말을 하지 않고 오직 자신과 대화하며 스스로의 마음을 점검하고 다스리는 한 방법.
차수(叉手): 양손을 단전 근처에서 겹치는 의례. 몸과 마음을 흐트러뜨리지 않고 항상 조신(操身)하기 위해 취하는 자세.
사미계(沙彌戒): 사미가 지켜야 할 열 가지 계율.
구족계(具足戒): 비구가 지켜야 할 250계, 비구니가 지켜야 할 348계.

선 방 첫 철

　사미계를 수계하고 나면 대개 강원(講院)을 가거나 선원(禪院)으로 가게 되는데 진로는 각자의 선택에 달려 있다.

　강원은 4년 동안 다니면서 일반 학교처럼 공부를 하게 되는데, 주로 불교의 기본 경전들을 배운다. 한편 선원은 석 달 단위로 살면서 참선 정진을 하게 된다.

　부처님 당시에 비가 많이 오는 우기(雨期)에는 돌아다니지 말고 한 곳에 모여서 함께 지내도록 하였는데 이것을 안거(安居)라고 한다.

　이렇게 여름철에 한 번 하던 안거가 북방으로 오면서 추운 겨울에도 안거를 하게 되었다. 그래서 하안거(夏安居)[*], 동안거(冬安居)[*]라고 부르는데 요즈음 우리 나라에서는 안거와 안거 사이에 산철 결제(한 달이나 한 달 보름 정도)를 하는 곳도 많이 있다.

　해인사나 통도사, 송광사 같은 총림(叢林)[*]에서는 구족계를 받은 비구승(比丘僧)이라야만 방부를 들일 수가 있다.

나는 사미계를 받고 나서 김천 수도암 수도선원에서 선방 첫 철을 살게 되었다. 동안거였다.

선방 대중스님은 21명, 선방 외 대중스님이 5명이었다.

수도암은 해발 고도 1000m가 넘는 높은 곳에 있는데, 이렇게 높은 곳에 자리잡고 있으면서 마당이 운동장처럼 너르고, 여러 대중이 살 수 있을 만큼 물이 풍족한 것을 보면 도선 대사가 이 터를 발견하고 일주일간 춤을 췄다는 말에 공감이 갔다. 수도암 에서 바라보는 가야산은 마치 한 송이 연꽃이 피어나는 모습이었 다.

수도암에서는 겨울 내내 눈 속에서 살았다. 기온이 많이 내려 갈 때에는 영하 20도 아래로 내려가기도 했다.

가장 연세가 많은 분은 70세, 가장 적은 분은 28세였다.

승납(僧臘)*이 가장 많은 분은 34년, 가장 적은 사람은 아직 석 달도 채 안된 나였다.

이렇게 여럿이 모여 사는 데에는 소임이 있기 마련이다.

선방의 소임은 여러 가지가 있는데 입승, 병법, 마호, 정통, 다각 등등 처음 들어보는 명칭이 많다.

대중처소에서는 대야의 종류도 많고 엄격히 구분하여 사용한 다.

세면할 때 쓰는 대야는 상복 대야라고 하고, 발을 씻을 때 쓰는 대야는 하복 대야라고 한다. 삭발할 때 쓰는 대야는 반드시 상복 대야를 사용한다. 뒷간에 다녀온 뒤 뒷물할 때 쓰는 뒷물 대야가 있고, 빨래할 때 쓰는 빨래 대야가 있다. 그리고 발우포를 씻을 때 쓰는 발우 대야는 귀중하게 모셔놓았다가 발우포를 씻을 때에만 사용한다.

강원에서는 경전에 대해 강의를 듣고 독경이나 암송을 하지만 선원에서는 오로지 말없이 정진만 할 뿐이다.

선방 안에는 항상 고요한 침묵뿐이다. 숨소리도 들리지 않고 방귀도 소리나지 않게 뀌어야 한다. 모든 것은 죽비에 맞추어 행동한다.

오로지 화두 일념을 목표로 할 뿐, 거기에는 일체 말이 필요 없는 것이다.

선방에 따라 정진 시간표가 다르기도 하지만, 대체로 새벽 3시 정각에 일어나 10시간 정진하고 밤 9시에 잔다.

해인사의 경우는 밤 10시에 자고 새벽 2시 정각에 일어난다. 새벽 2시 정각에 일어나서 3시간 동안 정진하고, 5시에 방선(放禪)*을 하며, 6시에 아침 공양을 하는데, 겨울에는 아침 공양을 한 뒤 포행을 하고, 차를 마시고 나서 보면 아직도 하늘에 별이 총총 빛난다.

어떤 곳은 정진 시간을 하루에 12시간에서 최고 18시간까지 하기도 한다.

근일 스님께서 고운사 주지 스님으로 계실 때 고운사 선방은 하루에 18시간을 짜서 살았다.

잠을 두 시간 정도 자고 정진하는 것을 '가행정진(加行精進)'이라 하고, 잠을 전혀 자지 않고 정진하는 것을 '용맹정진(勇猛精進)'이라고 한다.

한恨 많은 묘향대妙香臺

수도암 선원에서 동안거(冬安居)를 날 때였다. 섣달 그믐 날 밤, 선방 대중 스님들이 모두 둘러앉아 차(茶)를 마셨다.

산에서 산돼지를 만난 얘기로 시작해서 물든 더덕을 캐 먹은 얘기, 산삼 캐 먹은 얘기 등으로 이야기가 돌았다.

대중 스님 가운데 가장 연세가 많으셨던 ○○ 노스님께서는 한 철 내내 묵언(默言)과 일종식(一終食)에다가 용맹정진을 하고 계셨다.

낮에 종일 정진하시고 밤 9시에 앉으시면 새벽 2시가 되어서야 일어나셔서 뒷방으로 가셨다. 그리고 때때로 '어흐 어흐' 하시는 신음 소리가 들려오곤 했다.

70세 노인네가 하루에 한 끼만 드시고 밤을 새워 정진을 하시는데 한 방에서 젊은 스님들이 어찌 두 다리 뻗고 편히 잠을 잘 수가 있었겠는가? 자다가 깨어보면 여기저기 스님들이 자지 않고 정진하고 계셨다.

대개 선방에서 반철이 되면 반철 산행(山行)을 가는데 노스님께서 워낙 열심히 정진하시니 아무도 반철 산행을 가자는 사람이 없었다.

평소에 노스님께서 묵언을 하시니 살아오신 이야기를 들을 수 있는 기회가 없었다. 그래서 그날 밤, 대중 스님들이 노스님께 졸랐다. 묘향대에 사신 이야기를 해 달라고.

묘향대는 지리산 반야봉 아래에 있는 토굴이다.

반야봉이 1700고지이고 거기에서 조금 내려가서 묘향대가 있으니 약 1500고지쯤 되는 높은 곳이다.

토끼봉 너머로 저 멀리 세석평전과 천황봉이 보이고, 사방 80리 안에는 인가 하나 없으며, 겨울이 되면 산새들도 모두 저 아래로 내려가 버리고, 눈에 뒤덮여 몇 달간 인적이라고는 찾아볼 수 없는 곳에서 노스님께서는 꼬박 10년을 사신 것이다.

대중 스님들 성화에 못 이겨 입을 여셨다.

당신은 36세에 어린 자식들을 모두 두고 입산을 하셨다. 그리고 세월이 흘렀다.

맏아들이 자라서 군대에 가게 되었다.

소문에 아버지가 지리산 묘향대에 계신다는 말을 들은 형제는 군대에 가기 전에 아버지께 인사를 드리고 간다고 묘향대를 찾아

나섰다.

화엄사에서 눈 덮인 겨울 지리산을 올라 묘향대를 찾는다는 것은 거의 불가능한 일이다. 한번 가 본 사람들도 찾기가 무척 힘드는 곳인데 하물며 눈으로 뒤덮인 겨울에 묘향대를 찾아간다는 것은 무모한 일임을 그 아이들은 잘 몰랐을 것이다.

반야봉 아래에서 길을 못 찾은 아이들에게 지리산의 추운 겨울 밤이 찾아왔고 형제는 서로 꼬옥 부둥켜안은 채 하늘나라로 가버렸다.

며칠 뒤, 화엄사에서 올라온 스님들로부터 '웬 아이 둘이 얼어 죽어 있더라'는 말을 들은 노스님은 당신 자식임을 직감했다고 한다.

토굴 마당에서 당신 자식을 당신 손으로 화장(火葬)할 때의 노스님의 심정은 어떠했을까?

'내가 조금만 눈이 밝았더라면 ……'

어린 자식들을 두고 떠나온 것만 해도 애처롭기 짝이 없는데, 그 어린 자식들이 자라서 당신이 계신 토굴 코앞에 와서 얼어죽었으니 그 한(恨)을 어떻게 표현할 수가 있을까?

그 뒤로 스님은 잠을 자지 않고 정진하고 정진하셨다.

아! 한 많은 묘향대여! 한 맺힌 묘향대여!

야윈 노승의
굽어진 어깨 위로
섣달 밤 긴 어둠은
천겁으로 머무르고
문풍지 가는 울음에
묻어나는 탄식은.

아스라이 별빛이
하나 둘 스러지고
면벽한 노승은
눈을 감고 앉았는데
저 멀리 천황봉 너머
다가오는 먼동은.

이제는 일어나
촛불을 꺼야 하리
새벽노을이 번져도
지리산은 말이 없고
운해에 진묘향으로
피어나는 법열은.

칼국수 때문에

봉암사는 조계종 특별선원으로 지정되어 있는 절이다. 등산객이나 관광객은 물론 신도들의 출입마저도 엄격하게 통제하는 곳이다.

요즈음의 유명 사찰은 밀려드는 관광객들로 인해 그 안에서 살아가는 스님들만의 공간이 자꾸만 좁아지는 느낌이다. 많은 사람들이 수행자들의 처소라는 배려 없이 사찰예절에 어긋나는 행위를 하면서도 미안해하지 않는다.

봉암사는 일반인의 출입을 엄격히 통제하기 때문에 그 안에 사는 스님들로서는 방해받지 않는 공간이 있어서 좋다. 세상 사람들 발걸음이 없는 개울에서 실컷 멱을 감고 마음대로 일광욕을 할 수 있는 것은 봉암사만의 특권이 아닐까 싶다.

봉암사는 목탁을 치지 않고 사시 예불도 죽비 세 번이다.

전통적인 방식 그대로 지금도 무쇠솥에다가 장작으로 불을 지펴 공양을 짓는다.

공양주는 철마다 선방 스님 중에서 뽑는다.

봉암사에서는 하안거, 동안거 외에도 봄, 가을에 산철 결제를 한달 반(45일)씩 하는데, 나는 봄 산철 결제 때 행자 생활하는 마음으로 공양주를 자원했다. 예전 행자시절에 행자생활다운 생활을 하지 못한 것이 못내 마음에 걸려 있어서였다.

아침 공양은 죽을 끓였다. 흰죽, 깨죽, 잣죽, 콩죽 등 메뉴를 다양하게 했다.

그런데 매번 잘된 공양만 준비되는 것은 아니었다. 팥죽을 쑤었을 때의 일이다. 미리 팥을 삶아 팥물을 짜내어 받아놓고 죽을 다 쑨 다음 팥물을 넣고 저어주면 되는데, 잠시 솥뚜껑을 닫아놓은 사이 솥바닥에 팥죽이 눌어붙어 버렸다.

주걱을 갖다대어 솥바닥에 죽이 눌어붙어 있는 것을 안 순간 가슴이 철렁 내려앉았다.

공양 시간은 다 되어가고 이 많은 스님들의 공양을 어떻게 하나 눈앞이 캄캄해졌다.

밑불을 빼고 주걱으로 살살 저었더니 조금씩 일어났다.

그 날 아침 공양을 마친 스님들이 공양간을 지나가면서 한 마디씩 하고 갔다.

"팥죽이 구수합디다."

"팥누룽지 공양 잘 했습니다."

내가 아는 한 스님은 송광사에서 공양주를 할 때 공양 지을 시간을 놓쳐버려 전체 대중 스님들이 아침 공양을 못한 적이 있었다고 한다. 150명 스님들의 공양을 굶긴다는 것은 큰 사건이어서 원주와 공양주가 대중참회를 하는 등 한바탕 난리가 났을 것이다.

그런데 그 스님이 매일 새벽 2시부터 돌다리에 앉아 정진을 하는 모습을 늘 보아온 스님들이었기에 아무 일도 없었던 것처럼 조용히 지나갔다는 것이다.

그 날도 돌다리에 앉아 정진을 하다가 시간가는 줄 모르고 앉아 있었다는 것이다.

밥도 흰밥, 콩밥, 찰밥, 조밥, 콩나물밥, 무우밥, 보리밥, 오곡밥 등등 다양하게 했다.

대중처소에서는 초하루와 보름날에는 포살(布薩) 법회가 열리는데 그 하루 전날에 삭발 목욕과 빨래를 한다. 이 삭발 목욕일에는 영양보충을 한다고 찰밥을 한다. 추운 겨울날 삭발을 하고 나면 머리로 열이 빠져나가 추위를 많이 타게 되기 때문에 특별식을 해먹는 것이다.

밤, 대추, 은행, 콩 등을 넣고 찰밥을 짓는 일은 대단한 정성과 시간이 드는 일이었다.

온갖 정성을 들여 찰밥을 지었는데 이 맛있는 찰밥을 드시지 않고 스님들이 아침부터 산이 좋아 산으로 가버리면 섭섭한 마음이 들었다.

하루는 간상(看床)* 소임을 맡아보는 스님들과 같이 힘을 합쳐 칼국수를 했다.

칼국수를 하기 위해서는 하루 전에 반죽을 하여야 했다. 쑥을 뜯어다 갈아서 쑥물에다 밀가루와 콩가루를 섞어 반죽을 하였더니 파르스름한 반죽이 되었다. 하룻밤 재워두었다가 그 다음날 국수를 밀었다.

앞치마를 두르고 둘러앉아 주무르고 밀고 자르고 하면서 신심이 절로 났다. 큰 가마솥에 국수물을 두어 시간 우려낸 다음 70명분의 국수를 삶아낼 때는 마치 잔칫집 같았다.

절에서는 늘 격식을 갖춘 발우공양을 하지만 국수를 하는 날만큼은 실컷 드실 수 있도록 상을 차려서 자유롭게 공양을 한다.

그런데 그 날 오후, 국수를 실컷 드신 스님들이 배가 불러 못 앉아 있겠으니 산에나 가자고 했다.

그 이후로 국수를 할 때에는 입승(入繩)* 스님께 미리 허락을 맡아야 했다.

....

간상(看床): 찬상을 차리고 거두는 소임.
입승(入繩): 선방에서 대중을 통솔하는 소임.

누룽지 선착순

　무쇠솥에다가 장작불로 밥을 짓는 것은 오행(五行)에 딱 들어맞는 일이다. 장작은 목(木)이고, 불은 화(火)이고, 무쇠솥은 금(金)이고, 쌀은 토(土)이고, 물은 수(水)이다.

　내가 지은 공양으로 부처님께 마지*를 올리고, 모든 대중스님들과 신도님들이 공양을 하실 것을 생각하면 공양을 짓는 일은 늘 긴장되고 엄숙하며 온 정성을 다하게 된다.

　사찰의 공양간에는 조왕단(竈王壇)*이 있고, 그곳에 조왕신을 모셔놓고 치성을 드리는데, 그만큼 공양 짓는 것을 성스럽게 여기기 때문이다. 어떤 스님들은 공양을 짓는 동안 신묘장구대다라니를 외우기도 한다. 또한 공양간 출입은 엄격하여 스님들도 함부로 출입하지 못한다. 공양간은 그야말로 성역(聖域)인 것이다.

　가마솥에 밥을 잘 지었는지는 누룽지를 보면 금방 알 수가 있다. 누룽지가 너무 눌어도 안 되고, 너무 눌지 않으면 밥맛이 고

소화지가 않게 된다.

많은 양을 할 때에는 장작불을 약하게 할 경우 3층밥이 되기 때문에 화력을 세게 하여야 한다. 아주 많은 양을 할 경우에는 물부터 끓인 다음에 쌀을 넣는다.

김이 나면 냄새를 맡아보고 적당한 시간에 밑불을 빼고 뜸을 들여야 한다. 여차하면 불과 몇 초 사이에 밥이 타버리게 된다.

밥을 퍼낸 다음 솥뚜껑을 닫고 종이 몇 장을 태운 뒤 솥뚜껑을 열고 주걱을 빙 둘러가면서 갖다대면 누룽지가 둥그렇게 한꺼번에 일어나게 된다.

큰 대바구니에 담아 공양간 문 밖에 놓아두면 공양을 마친 스님들이 우르르 달려와 선착순으로 줄을 선다.

군대에만 선착순이 있는 것은 아니다.

스님들의 위 아래 차례는 엄격하다. 선방에서도 법당에서도 공양방에서도 차례에 따라 정해진 자리에 앉는다. 심지어 칫솔걸이에 칫솔을 걸어두는 것도 정해진 차례에 따른다.

차례를 정하는 기준은 세속 나이는 상관없이 스님이 된 순서대로이다. 하지만 누룽지만은 승납순이 아니다. 행동이 빠른 사람에게 돌아갈 뿐이다.

봉암사에서 봄 산철 결제 때 공양주를 한 다음 하안거(夏安居)에는 노스님의 시자(侍者)*를 하게 되었다. 나는 공양을 마치면 번개

같이 뛰어가 누룽지를 떼어서 노스님께 갖다드렸다. 노스님께서는 그 누룽지를 한 손에 들고서 '뽀그작 뽀그작' 맛있게 드시면서 포행을 가셨다. 나는 노스님을 따라다니면서 옛날 얘기를 해달라고 졸랐다.

"우리가 젊은 시절에는 천리 만리 짚신을 신고 걸어다녔습니다. 요즈음 스님들은 너무 편하게만 살려고 해요."

눈썹이 하얀 노스님께서는 누구에게나 존댓말을 하셨다.

한 번은 어떤 스님이 나에게 누룽지를 많이 떼어간다고 핀잔을 주었다. 노스님께 갖다드리는 줄 몰랐던 것이다.

포행을 다녀오니 그 스님이 정말 미안하다면서 사과를 했다.

설거지를 하고 나서는 들기름으로 솥을 잘 닦아놓기 때문에 누룽지가 정말 고소하다.

요즈음 아이들은 얼마나 누룽지 맛을 알고 있을까? 고소하고 맛있는 가마솥 누룽지 맛을!

....

마지: 부처님께 올리는 공양. 일반적으로 밥을 뜻한다.
조왕(竈王): 불교의 호법신중 가운데 하나. 특히 부엌을 관장한다.
시자(侍者): 큰스님이나 노스님의 곁에 있으면서 시중을 드는 사람. 부처님의 시자인 아난다가 대표적이다.

형제는 용감했다

봉암사에 살 적 일이다.

선방에서는 대개 좌복을 두 줄로 가지런하게 놓고, 등을 마주한 채 벽을 향해 앉아서 고요히 정진을 한다.

어느 날, 내 뒤에 앉아서 정진하던 스님이 보이지 않았다. 아주 가버린 사람은 좌복을 치워버리는데 좌복은 그대로 놓여있고 사람만 보이지 않는 것이었다.

결제 중에는 죽은 사람도 절 바깥으로 나가지 못한다는 말이 있을 만큼 선방에서는 규율이 엄격하기 때문에 자기 마음대로 자리를 비울 수가 없는데, 며칠 동안 자리가 계속 비워져 있는 것이었다.

알고 보니 입승(入繩) 스님이 그 스님에게 지대방*에서 정진을 하라고 했다는 것이었다. 이유는 그 스님의 몸에서 '우드득' 하는 소리가 자꾸 나서 다른 스님들 정진에 방해가 된다는 것이었다.

그 스님에게 자초지종을 물어보니 자랄 때의 영양실조로 인해 어깨뼈 부근의 신경이 굳어져 가끔씩 소리가 난다는 것이라면서, 결제 중이긴 하지만 걸망을 싸서 절을 떠날까 고민하는 중이라고 했다.

하지만 '신체적인 문제로 본의 아니게 소리가 조금 난다고 해서 지대방에서 정진을 하라는 것은 그 스님에게 나가라는 소리인데, 한 번 나가게 되면 그 스님은 다시는 선방에 올 엄두를 내지 못하게 될 것이 아닌가? 삼계(三界)의 대도사(大導師)요, 인천(人天)의 스승이 되어 중생들을 구제하기 위해 정진하는 사람들이 옆사람의 작은 허물도 감싸주지 못한단 말인가? 조용한 선방 안에서 조그만 소리에 끄달려 정진을 못한다면 세속에서 수행하는 사람들은 어찌 정진을 한단 말인가? 다른 사람의 일을 그저 모르는 채 하면서 자기 공부나 하는 것은 너무나 이기적인 것이 아닌가?' 하는 생각이 들었다.

형제가 스님이 된 경우는 많지만 같은 선방에서 같이 사는 경우는 거의 없을 것이다. 그런데 봉암사에서는 형님스님과 같이 살게 되었다.

형님스님이 먼저 와 살고 있었고 나는 다른 절에 있었는데, 어느 날 형님스님으로부터 봉암사가 정진하기에 너무나 좋으니 오라는 연락이 왔다. 자기는 후원으로 내려갈 생각이니 자기 때문에 불편할 것이라는 염려는 안 해도 된다는 것이었다.

그래서 봉암사에 갔더니 결제하는 날 소임을 정하는데 후원으로 내려가던 형님스님이 선방에 눌러앉아 버리는 것이 아닌가? 그래서 한 철(석 달)을 같이 지내게 되었다. 어떤 때에는 둘이서 포행을 가기도 하고, 지대방에서 나란히 누워 쉴 때도 있었는데 형제간인 줄을 아는 스님들은 '참 보기 좋습니다' 하고 인사를 하였다.

점심 공양을 마친 후 형님스님에게 같이 포행을 가자고 하였다. 지대방에서 정진을 하고 있는 스님 문제를 이야기하였더니 형님스님도 나와 동감이라면서 대중공사*를 벌여야겠다고 하였다.

선방처럼 한 방에 여럿이 모여 살다보면 이런저런 일들이 있게 마련인데 대중공사가 잦을수록 정진에 방해도 되고 번거로워지기 때문에 될 수 있는 대로 남의 일에는 무관심한 채 살아가게 된다. 특히 대중공사를 하도록 기조발언을 하는 것은 대중스님들의 정진에 폐를 끼칠 각오를 해야 하는 일이기에 조금은 용기가 있어야 하는 일이다.

대중공사가 벌어지면 모든 대중이 마주보고 둘러앉아 각각의 의견을 내놓게 되는데, 대부분 만장일치의 합의된 의견이 나올 때까지 하게 되므로 사안에 따라서 분위기가 험악해질 때도 있고, 시간이 길어질 때도 있다.

　그 날 오후 정진 시간이 되자 선방에서는 대중공사가 시작되었다. 물론 형님스님의 발언으로 시작되었다.

　그런데 형님스님이 은유적인 표현으로 발언을 하여 정작 스님들은 무슨 말인지를 못 알아듣게 되었다. 그래서 내가 마무리를 하게 되었다.

　"사소한 신체적 결함으로 인해 선방에서 같이 정진할 수 없다면 온전한 사람이 얼마나 되겠습니까? 방귀를 많이 뀌는 사람도 옆 사람에게 방해가 되고, 잠잘 때 이빨을 심하게 갈거나 잠꼬대를 심하게 하는 사람도 옆 사람에게 방해가 되는 것 아닙니까? 지금 이 스님 같은 문제는 도리어 같이 걱정해 주고 치료해 주어야 할 일이지 지대방으로 쫓아낼 일이 아니라고 생각합니다."

　대중공사 결과 선방에서 같이 정진을 하자는 쪽으로 결론이 지어졌고, 그 스님은 해제하는 날까지 무사히 정진을 하게 되었다.

　그 뒤로 스님들은 우리 형제를 보면 '형제는 용감했다' 하고 인사를 하였다.

．．．．．．．．．．．．．．．．．．．．．．．．．．．．．

지대방: 절의 큰방이나 선방 옆에 딸린 작은 방으로, 수행 중 쉬거나 한담을 나누는 곳이다. 개인의 물건들을 놓아두기도 한다.
대중공사: 승가의 대소사를 결정하는 논의의 장. 승가의 가장 중요한 정신인 화합을 이루는 근간이 된다.

벽시계소리

선방은 큰방에서 다같이 정진하고 잠자고 생활한다.

여러 사람이 한 방에서 지내다 보면 일상사에서 작은 일들이 있게 마련이다. 더구나 정진에 애를 쓰다보면 신경이 예민해지기 때문에 작은 일로도 스트레스를 받을 수가 있다.

가령 예를 들면 취침 시간에는 출입을 삼가야 하고, 부득이 출입을 할 경우에는 대중 스님들의 수면에 방해가 되지 않도록 조심해야 하는데도 불구하고, 한밤중에 문소리를 조심하지 않고 여닫는 소리에 잠을 깨는 일이 종종 생기면 은근히 짜증이 나기 마련이다.

선방에서는 일체 말이 필요 없고 죽비소리에 맞춰 움직이는데, 커다란 벽시계의 괘종소리에 맞춰 죽비를 친다.

어느 스님이 벽시계의 괘종소리가 너무 크니 볼륨을 줄이자고 건의를 하였다.

그래서 소리를 작게 하였는데 이번엔 소리가 너무 작으니 좀
더 크게 하자는 스님이 있었다.

그래서 다시 크게 하고 보니 처음과 같아졌다.

산삼 심은 데 산삼 난다

스님들이 여럿 모이면 그 중에 기인(奇人)이 있기 마련이다.

중국 실크로드를 지나 네팔을 거쳐 인도로 몇 달간 무전여행을 다녀온 사람이 있는가 하면, 10년이 넘도록 묵언을 한 사람, 한 개의 이쑤시개를 6년이 넘도록 쓰고 있는 사람, 20년이 넘도록 지리산 깊은 산골 토굴에서 안 나온 사람도 있다.

산 속에서 도토리만 먹으면서 3년을 산 스님도 있고, 큰절에 살면서도 6년 동안 이틀에 한 끼만 먹으며 산 스님이 있는가 하면, 10년 동안 만행(萬行)*을 하면서 한 번도 방안에 들어가 보지 않은 스님도 있고, 20년이 넘도록 자동차를 한 번도 타보지 않은 스님도 있다.

어떤 스님은 10년이 넘도록 한 번도 목욕을 하지 않았는데 이상하게도 몸에 때가 없다는 것이다. 더욱 이상한 것은 모기가 아무리 많은 곳에서 잠을 자도 모기가 이 스님을 한 방도 물지 않는다는 점이다.

스님 중에 '산삼도사'라는 별명을 가진 스님이 있었다.

산삼을 400뿌리 정도 캤고 자기가 먹은 산삼만 해도 120뿌리라니 가히 '산삼도사'가 아니겠는가?

토굴에 가만히 앉아서 명상으로 어떤 산을 훑어보고 난 다음, 그 산에 가서 지나가다가 산삼이 있는 곳에 가면 그물에 걸리듯 느낌이 온다는 것이다.

이 스님 주위의 사람들은 산삼을 도라지 얻어먹듯 얻어먹었다.

은사 스님께 열 뿌리 정도 드렸고, 사형 스님들마다 드리고, 같이 행자 생활하던 분들 다 드리고, 몸 약한 스님 드리고, 자꾸 조르는 사람이 있으면 주고…….

한 번은 산삼을 한 박스 캐서 대구 약령 시장에 팔려고 갔는데 통 팔 수가 없어서 그냥 토굴로 돌아와 가마솥에 넣고 푹 고아 먹어버렸단다.

이 스님이 이렇게 산삼을 많이 캐는 데에는 다 이유가 있다.

콩 심은 데 콩 나고 팥 심은 데 팥 나는 법, 이 스님은 가는 곳마다 산삼 씨앗을 가지고 다니면서 산삼이 날 만한 곳에 심어놓는 것이었다.

물론 자기가 심었으니 캐는 것도 쉬운 일이겠지만, 그렇지 않은 경우도 있는 것을 보면 정성을 들이니 산삼과의 감응이 생긴 듯하다.

심지는 않고 캐려고만 하는 사람들이여, 먼저 심을 줄을 알라.

예수님 가라사대 "뿌린 대로 거두리라."

....

만행(萬行) : 안거 기간의 수행을 마친 승려가 한 곳에 머물지 않고 자유롭게 돌아다
니며 제각기 수행하는 것.

묵언默言

봉암사 선방에서 하안거(夏安居)를 나면서 석 달간 묵언을 하였다.

여러 대중과 같이 살면서 단 한 마디도 하지 않는다는 것은 결코 쉬운 일이 아니다. 소리내어 웃는 것도 안 된다.

묵언을 하면 일체 시비(是非)할 일이 없다. 이래도 그만, 저래도 그만이다. 한 스님은 포행길에 나만 보면 '벙어리' 하면서 내 뺨을 툭툭 때리고 지나갔다.

묵언을 하면 앉아 있을 때뿐만 아니라 일체처(一切處) 일체시(一切時)에 마음을 비춰볼 수가 있다.

말을 하면 그만큼 산만해진다.

말이 많으면 그만큼 가벼워지고 실수가 많아진다.

선방에서는 말 많은 사람을 가장 싫어한다. 선방의 벽에는 삼함(三緘)이라고 써서 붙여놓는다. 삼함(三緘)이란 '몸과 입, 뜻을 삼가하라'는 의미인데, 선방에 사는 스님들은 흔히 '입을 세 번 꿰맨다'고 말한다.

도 닦는 사람은 '벙어리 3년, 귀머거리 3년, 장님 3년을 하라'는 말이 있다.

어떤 스님은 10년이 넘도록 묵언을 하고 계신다고 한다.

예전에 도봉산 천축사 무문관에서는 한번 들어가면 6년간 독방 감옥살이를 해야 했다. 밖에서 문을 걸어 잠그기 때문에 나가고 싶어도 나갈 수가 없다. 6년간 자동 묵언이 될 수밖에 없다. 일체 보는 것도 듣는 것도 없다.

현재 우리 나라 선방 중에서 무문관을 하고 있는 곳은 계룡산 대자암, 설악산 백담사, 제주도 남국선원 등 몇 곳이 있는데, 한번 들어가면 6개월에서 1년 동안 독방 감옥살이를 해야 한다.

그런데 여기에 들어가려면 하늘에 별 따기이다. 입방(入房) 지원자가 너무 많아서 몇 년씩 기다려야 한다.

심지어 1년 동안 무문관 스님들을 시봉(侍奉)한 다음 방을 얻어 들어간 스님도 있다.

자기 스스로 감방에 들어가 오로지 정진만 하겠다는 사람이 이렇게 많은 것을 보면 우리 나라 불교의 앞날이 어두운 것만은 아닌 것 같다.

몇몇 안 좋은 모습들은 뉴스거리가 되어 눈총을 받지만, 이렇게 묻혀서 피눈물 나게 정진하는 모습은 아무도 모른다.

송광사에서는 여름철에 일반인들을 상대로 수련대회를 여는데 그 제목이 '단기 출가 4박 5일'이다. 7회에 걸쳐 한 번에 120명씩 실시하지만 해마다 신청자가 많아서 엄격한 심사를 거쳐서 선발하는데 경쟁률이 2 : 1에 가깝다. 수련대회에 참가한 사람 중에는 무종교인이나 불교 이외의 타종교인도 많다.

4박 5일간 수련생들은 스님들과 똑 같은 생활을 하게 된다. 밤 9시에 자고 새벽 3시에 일어나서 예불을 하고 참선과 강의 등을 받는데 공양은 발우공양을 한다.

120명의 수련생들과 20명의 자원봉사자들이 80명의 강원 스님들과 함께 예불을 올리는 모습은 보는 이로 하여금 환희심이 절로 나게 만든다.

이 기간 중에는 일체 말을 해서는 안 된다. 철저히 묵언을 해야 한다. 만약 묵언을 시키지 않는다면 이 사람 저 사람과 세상사는 이야기를 하느라 4박 5일이 금방 지나갈 것이다.

그러나 모든 사람이 묵언을 함으로써 세상사 다 접어놓고 고요히 자기 자신의 내면을 들여다 볼 기회가 주어지며, 새소리, 물소리를 들을 시간이 주어지는 것이다. 새벽마다 단체로 절 주위로 포행을 나가는데 두 손 고이 모으고 아무 말 없이 발걸음마저 조심조심 줄을 지어 걸어가는 모습은 너무나 보기 좋은 모습이다.

어느 스님께서 '일주일에 하루 TV 안 보기'를 주장하셨다.

나는 세상 사람들에게 '일주일에 하루 말 안 하기'를 권하고 싶
다.

묵언을 해보면 평소에 얼마나 쓸데없는 말들을 많이 하는지
알게 될 것이다. 또한 시간이 얼마나 많은지도 알게 될 것이다.

부처님께서 어느 날 대중들에게 아무 말 없이 연꽃 한 송이를
들어 보이셨다. 가섭 존자만이 빙그레 웃었다.

부처님께서 정법안장(正法眼藏)*을 가섭 존자에게 전하셨다.

가끔은 말없이 살아보자.

그러면 바람소리가 들려올 것이다.

새소리, 물소리가 들려올 것이다.

구름, 나무, 돌 ……

모두 내가 되어 있을 것이다.

····································

정법안장(正法眼藏): 부처님께서 지혜의 눈으로 깨달은 비밀한 법으로, 이는 언어문
자를 통해서가 아니라 마음에서 마음으로 전해진다.

돌부처처럼

선방에서는 한 시간마다 10분씩 경행(經行)*을 한다.

해인사나 봉암사 선방은 크기가 108평이나 된다. 이쪽 끝에서 저쪽 끝을 보면 가물가물거린다. 운동장처럼 너른 방을 사오십 명의 스님들이 줄을 지어 빙빙 도는 모습은 장관이다.

선방에 따라 8명 정도 앉을 수 있는 작은 선방도 있다. 이런 경우에는 중간 포행 죽비를 치지 않는다. 각자 알아서 용변을 보거나 밖에 나가서 포행(布行)을 돌고 들어와 앉는다.

한 번은 봉암사 원통전(圓通殿)에서 한 철을 나게 되었는데 방이 작아서 6명이 앉았다. 방이 작다보니 중간 포행 죽비는 치지 않았다.

내 옆에 앉은 스님은 돌부처였다.

새벽에 두 시간, 오전에 세 시간, 오후에 두 시간, 저녁에 세 시간을 한 번 앉으면 꿈쩍도 하지 않았다. 결가부좌한 채 다리를 바꾸거나 손을 움직이는 일도 없었다.

자는 시간엔 법당에 가서 꼬박 밤을 새워 정진하고 새벽 3시가 되면 선방에 들어와 앉았다. 공양은 하루에 점심 한 끼 두 숟가락 정도만 먹었다. 석 달 내내 변함이 없었다. 대단한 정진력이었다.

그런데 이런 경우는 대부분 단전호흡을 하거나 염불이나 주력, 또는 관법(觀法)을 하는 경우이다. 자기도 모르게 어느 한 곳에 착(着)해 있기 때문에 시간 가는 줄 모르고 꼼짝도 안 하고 앉아 있을 수 있는 것이다.

본인은 잡념도 모르고 선정에 들어있다고 하지만 혹 이것은 잡초를 바위로 눌러놓은 것과 같아서 실질적으로는 습성이 녹지 못하고 그대로 있는 경우도 있다. 경계를 대하면 바로 물들어 버리기 때문에 수행이 되었다고 할 수 없는 것이다.

부처님 당시에 어느 산이 무너졌는데 그 속에서 커다란 알이 나왔다. 그 알을 깨어보니 그 속에 사람이 들어 있는 것이었다.

3000년 동안 무기공(無記空)에 빠져 있다보니 손톱 발톱이 자라서 온 몸을 감싸버린 것이었다. 그 사람에겐 3000년이 눈 깜짝할 사이에 지나간 것이다.

그래서 무기공을 귀신굴이라고 한다.

참선을 해서 공한 것은 그만큼 업장이 녹아 무심해진 것이지만, 공(空)을 만들어 그 속에 빠져 있으면 세월만 보낼 뿐이다.

많은 사람들이 의심이 없으면 무기공에 빠졌다고 말한다. 그러나 처음부터 의심이 없는 화두를 들고 있는 것은 사구선(死句禪)이지만, 의심을 해서 의심의 형상이 녹아 없어진 자리는 공부가 한 단계 진보하여 그만큼 업장이 녹은 것임을 잘 알아야 한다.

무기공(無記空)이 깜깜한 흑산하귀굴(黑山下鬼窟)이라면 참선을 해서 공(空)한 것은 그만큼 밝아 있는 것이다.

단전호흡이나 염불(念佛), 주력(呪力), 관법(觀法)을 한다고 해서 수행이 되지 않는 것은 아니다. 어떤 방법으로 하던지 간에 전념(前念)이 멸하고 후념(後念)이 일어나기 전의 자리를 지켜나가기만 하면 된다. 그 자리는 곧 본성(本性)이요 부처의 자리인 것이다.

....

경행(經行): 좌선을 오래 하면 몸에 무리가 오거나 졸음이 오는데, 이때 몸의 피로를 풀거나 졸음을 쫓기 위해 방안이나 도량을 걷는 것을 말한다. 여기에도 일정한 격식이 있어서 수행의 한 방편으로 행한다.

산행山行 가는 날

　선원은 석 달 단위로 이루어진다. 여름 석 달은 하안거(夏安居), 겨울 석 달은 동안거(冬安居)라고 한다.

　안거(安居)의 시작을 결제(結制)라고 하고, 마치는 것을 해제(解制)라고 하는데, 이 때를 즈음하여 선객(禪客)*들의 대이동이 시작된다. 선객들은 대부분 철새처럼 이 선방에서 한 철을 나고 나면 또 다른 선방에서 한 철을 나곤 하는데, 좋은 도량을 찾아가기도 하고, 훌륭한 선지식*을 찾아가기도 한다. 더러는 그 산이 좋아서 찾아가기도 한다.

　예를 들어 지리산에 살고 싶으면 함양 벽송사 벽송선원, 남원 실상사 백장선원, 하동 쌍계사 금당선원, 산청 정각사 죽림선원, 구례 천은사 방장선원, 하동 칠불사 운상선원으로 가면 되고, 가야산에 살고 싶으면 해인사 해인총림선원으로 가면 되고, 설악산에 살고 싶으면 신흥사 향성선원이나 백담사 무금선원으로 가면 된다.

결제가 시작되면 목숨을 건 비장한 각오로 정진에 임하고, 선방에는 죽비소리만 들릴 뿐 정적(靜寂)이 흐르고 견성오도를 향한 구도의 열정으로 가득하다.

오후불식(午後不食)이나 일종식(一終食)을 하는 사람도 있고, 묵언(默言)을 하는 사람도 있고, 자기 스스로 잠자는 시간을 두 시간으로 정해 놓고 지키는 사람이 있는가 하면, 한 철 내내 잠을 자지 않고 용맹정진을 하는 사람도 있다.

정진이 여일(如一)하게 잘 되면 석 달이 금방 가기도 하지만 정진이 흐트러지면 해제하는 날이 손꼽아 기다려지기도 한다.

엄격한 규율과 일과표에 따라 다람쥐 쳇바퀴 돌듯이 살다보면 은근히 기다려지는 날이 있다. 반 철 산행 가는 날이다.

결제가 시작되고 나서 한 달 반이 되면 '반 철 산행'이라고 하는 소풍을 가게 되는데, 멀리 걷는다고 하여 원족(遠足)이라고도 한다.

산행 가는 날 아침 일찍 김밥을 싸게 되는데 김밥 안에 햄이나 쏘시지가 들어가느냐 안 들어가느냐가 대중의 관심거리가 된다. 용감한 원주는 시장을 봐올 때 햄이나 쏘시지를 준비해 오지만, 율사(律師)정신이 투철한 원주는 오이, 단무지, 시금치 등만을 넣는다.

산행 가는 날은 스님들의 패션쇼가 벌어진다. 비싼 등산화를 신고 나와 자랑하는 스님이 있는가 하면, 진한 썬글라스를 끼고 나오는 스님에다가 빨간 모자를 쓰고 나와 폼을 재는 스님도 있다.

반 철 산행은 평소에는 정진에 전념하느라 못 나눈 얘기들을 나누기도 하고, 어른 스님들께 옛날 얘기를 들을 기회가 되기도 하지만, 기본적으로 재충전을 위한 새로운 활력소의 역할을 한다.

해제 사흘 전부터는 죽비를 치지 않는데 이 때가 되면 대부분 떠날 준비에 부산해진다.

다음 철에 살 사람들을 위해 침구와 좌복 등 대중적인 물품을 세탁하고 정리하고 나면 개인적인 준비를 하게 되는데, 무명옷에다 풀 먹이고 다림질을 하느라 지대방은 세탁소로 변한다.

해제하는 날 해제법문을 듣고 나면 스님들은 전국 각지로 뿔뿔이 흩어진다.

바랑 하나 걸머메고 바람처럼 구름처럼 산문(山門)을 떠날 때의 홀가분함은 이루 말로 표현할 수가 없다.

······································

선객(禪客): 참선하는 수행자.
선지식: 바른 도리를 가르치는 사람. 《화엄경》〈입법계품〉에 등장하는 53인의 선지식이 대표적이다.

UFO

수도암 선원에서 동안거(冬安居)를 날 때의 일이다.
설날 새벽에 윷놀이를 하고 있었다.
새벽이긴 해도 밖은 깜깜한 한밤중이었다.
마당에서 한 스님이
"UFO다!"
하고 소리를 질렀다.
스님들이 우루루 밖으로 뛰어나갔다.
하늘에는 밝은 물체 하나가 깜박거리고 있었다.
그것은 샛별이었다.

냉장고에 붙은 쪽지

대중이 많은 곳의 냉장고는 자주 여닫기 마련이다.

어느 선원의 지대방에 있는 냉장고 문에는 이런 쪽지가 붙어 있었다.

〈더버요. 퍼뜩 다다요!〉

해인사와 송광사

통도사엘 가면 부잣집 같은 느낌이 든다. 해인사는 대장부의 기상이 느껴지고 송광사는 어머니 품처럼 포근하다. 가야산은 남성적이고 조계산은 여성적이다. 해인사의 예불은 우렁차고 송광사의 예불은 차분하다.

해인사에서는 툭 하면 목숨이 왔다갔다하고 송광사에서는 방귀만 뀌어도 난리다. 그래서 해인사에는 성철 스님 같은 강직한 분이 어울리고 송광사에는 구산 스님 같은 자애로운 분이 어울린다.

사람들의 기질은 자연환경을 닮는다.

중국 사람들은 중후하고 일본 사람들은 날렵하다.

더운 지방의 사람들은 게으르고 느리며 낙천적이지만 추운 지방의 사람들은 부지런하고 민첩하다. 인도 사람들은 달리던 열차가 고장이 나서 멈추면 기관사도 승객들도 태평스럽게 낮잠을 잔다. 안내 방송 한 번 없어도 아무런 불만이 없다. 가도 그만, 안 가도 그만이라는 것이다. 성질 급한 한국 사람들이 물어보면 대답은 'No Problem'이다.

우리 나라의 기후는 사계절이 뚜렷하여 계절의 변화가 심하다. 그래서 제 때에 씨를 뿌리고 또 거둬들여야 한다.

우리 나라의 지형은 산이 많고, 강은 그 산을 끼고 이리저리 부딪히며 흐른다. 금방 잎이 나는가 싶더니 낙엽이 지고, 시뻘건 황톳물이 흘러가는가 싶더니 강바닥이 보인다.

이런 기후와 지형으로 인해 우리 나라 사람들은 부지런하고 민첩하며 변덕이 심하다. 빈둥빈둥 노는 것을 싫어하고 무엇이든 빨리빨리 해치우려 하고 지난 일은 잘 잊어버린다. 뭉칠 땐 한 덩어리 같고 흩어질 땐 모래알 같다. 어제는 IMF 극복한다고 돌반지까지 들고 나오더니 오늘은 해외로 골프 치러 간다고 공항이 북새통이다.

세계에서 가장 단기간에 경제 기적을 이룩하기도 하고 무너져 내리기도 한다.

남쪽 사람들은 너무 지조가 없어서 탈이고 북쪽 사람들은 너무 자존심이 세어서 탈이다.

남쪽 사람들이 서양 사람들이 입다 버린 때묻은 청바지를 사다 입는 것을 북쪽 사람들은 어떻게 생각할까?

우리말을 익히기도 전에 영어를 가르치는 것으로 인해 언어장

애가 오는 아이들이 많다는 것을 북쪽 사람들은 어떻게 생각할까?

집집마다 피아노는 다 있는데 거문고나 가야금이 있는 집은 얼마나 될까?

우리 민족을 '백의민족(白衣民族)'이라고 한다.

흰옷을 입고 살았기 때문이다.

죽은 사람에게도 흰옷을 입히고, 유족들도 흰옷을 입는다.

그래서 우리 나라 귀신은 흰옷을 입고 나타난다.

서양의 귀신은 검은 옷을 입고 나온다.

그들은 장례식 때 검은 옷을 입기 때문이다.

앞으로 우리 나라 귀신은 아마도 검은 옷을 입고, 노랑머리를 하고 나올 것 같다.

지대방 한담閑談

《동다송(東茶頌)》에 이런 말이 있다.

飮茶之法　客衆則喧　喧則雅趣素然
獨啜曰神　二客曰勝　三四曰趣
五六曰泛　七八曰施也

　차(茶)를 음미하는 법에 있어서 객이 많으면 시끄럽고, 시끄러워지면 아담한 정취가 사라진다. 혼자서 마시는 것을 신(神)의 경지라 하고, 둘이서 마시면 승(勝)이라고 하고, 서넛이면 멋있다고 한다. 대여섯이면 덤덤하다고 하며, 일곱 여덟이면 나눠 마신다고 한다.

　스님 셋이서 차를 마셨다.

한 스님이 이렇게 말했다.

난초 화분을 하나 방에 두고 지냈는데 어느 날 자고 일어나 보니 꽃이 피어 있더라는 것.

'어떻게 이런 연약한 잎새에서 저런 꽃이 피어날 수가 있나!'

하며 쳐다보고 또 쳐다보았다는 것이다.

내가 말했다.

토굴 처마에 굴뚝제비가 집을 짓고 새끼를 낳아 길렀다.

어느 날, 새끼들이 날 때가 된 모양이었다.

새끼들은 돌담 위에서 망설이고 있고 어미는 하늘을 빙빙 돌며 빨리 날아보라고 하고 있었다.

마침내 태어나서 처음으로 제비 새끼들이 하늘을 나는 순간

"날았다, 날았다!"

너무나 신기하고 좋아서 나는 마당을 빙빙 돌며 손뼉을 쳤다.

그러자 다른 한 스님이 이렇게 말했다.

"세상 사람들 눈에는 자기 자식이 제일 신기하답니다. 자식을 놓고 나서 그 얼굴 들여다보다가 보면 한 평생이 금방 가버리지요."

나의 도반_{道伴} 진명_{眞明} 스님

같은 길을 가는 사람을 도반(道伴)이라고 하는데 마음이 잘 통하는 도반이 있다는 것만큼 다행한 일도 없다.

여러 도반 스님 중에 진명(眞明) 스님과 나는 오랜 친구같이 허물없이 지낸다.

나는 단양 원통암(圓通庵)으로 입산을 했고, 진명 스님은 덕유산 원통사(圓通寺)로 입산을 했다.

세속의 나이도 같고, 사미계(沙彌戒)와 구족계(具足戒)도 같이 받았다.

암자나 토굴에서 잠시 같이 살기도 했지만 봉암사, 송광사, 월명암 등의 선방에서도 같이 안거(安居)를 지냈다.

진명 스님은 나만 보면 싱글벙글이다.

진명 스님도 작은 키라서 늘 다른 사람을 올려다보면서 살아야하는데, 나만 만나면 내려다 볼 수가 있어서 기분이 좋단다.

도토리 키재기인 데도 진명 스님은 나를 보고 '땅달이' 하고 부른다.

그러면 나는 '여수 촌늠' 하고 불러준다.

진명 스님은 늘 토굴 타령을 하더니 해남 달마산에 토굴을 마련하고 혼자서 3년 결제에 들어갔다. 3년간은 토굴 밖으로 나오지 않고 정진하겠다고 한다.

책을 보내드릴까 하고 물으니, 책을 보면 망상거리 된다면서 싫다고 한다. 그래도 조금도 섭섭하지 않다.

열심히 정진하고 있을 진명 스님을 그려본다.

산디마 스님

통도사, 해인사, 송광사를 삼보(三寶)사찰이라고 하는데, 불보(佛寶)사찰 통도사에는 법당 뒤에 부처님 사리탑이 있고, 법보(法寶)사찰 해인사에는 법당 뒤에 팔만대장경이 모셔진 장경각이 있고, 승보(僧寶)사찰 송광사에는 법당 뒤에 선원(禪院)이 있다.

송광사는 고려시대 16국사(國師)를 배출한 도량이라서 승보(僧寶)사찰로 불리워진다.

송광사 법당 뒤에 있는 선방은 지금도 화목(火木)으로 군불을 때어 난방을 하고 있다.

전기가 없던 시절의 절간에서는 모든 방에 군불을 때었는데, 수십 명이 생활하는 큰방을 따뜻하게 하려면 엄청난 장작이 들어, 지게로 나무 한 짐을 지고 아궁이 속으로 들어간다는 말이 있을 정도로 절간의 부엌 아궁이가 컸다고 한다.

선방의 소임 중에는 화대(火臺)라는 소임이 있는데, 옛날 화대는 군불을 적당히 잘 때는 것이 임무였다면 요즈음의 화대는 보일러 가동을 잘 하는 것이 임무이다.

　요즈음은 대개의 선방이 보일러 시설로 바뀌어졌는데도 송광사 선방은 전통 그대로 유지되고 있는 것이다. 그래서 따뜻한 온돌방에서 겨울을 지낼 수 있는 송광사는 여름철보다는 겨울철이 스님들에게 인기가 높다.

　송광사에는 국제선원이라는 선방이 또 하나 있는데 여기에는 외국인 스님들과 내국인 스님들이 함께 정진을 한다.

　몇 해 전에 이 국제선원에서 한 철을 살게 되었다.

　외국인 스님 중에 미얀마 스님이 한 분 있었는데 법명이 '산디마'였다. 산디마는 '밝은 달'이라는 뜻이라고 한다.

　산디마 스님은 9세에 사미승(沙彌僧)이 되었고, 20세에 비구승(比丘僧)이 되었다. 불교대학에서 10년간 경전 공부를 하였는데, 참선을 하기 위해 우리 나라로 건너와 올해로 3년째 되는 스님이다.

　미얀마는 언어가 여러 가지이기 때문에 미얀마 공용어를 따로 익혀야 한다고 한다. 이 스님은 미얀마 말 이외에 영어, 태국어, 라오스어, 한국어 등 5개 국어를 할 수가 있다. 한국에 와보니 자연 환경이 너무 좋아서 계속 여기에 살 생각이라고 한다. 한국 말을 아주 열심히 배워 이제는 의사 소통에 별 지장이 없을 정도

이다.

산디마 스님이 한국에 와서 놀란 것은 절은 보이지 않고 교회가 너무나 많다는 것이다. 미얀마는 집집마다 부처님을 모셔놓고 기도와 예배를 올린다고 하며, 가는 곳마다 탑이 지천이라고 한다.

한국에 와서는 선방에서 정진하며 지냈는데 얼마 전에 미얀마 근로자들을 위해 서울 시내에 '미얀마 선원'을 열게 되었다.

미얀마 사람들은 대부분 불교 신도인데 한국에 와서는 신행 활동을 할만한 절이 없는 현실이 안타까워 미얀마 선원을 열게 되었다는 것이다. 한국에 세워진 최초의 미얀마 절이었다.

처음에는 독립문 근처 작은 한옥에 월세로 살고 있었다.

그런데 갑자기 집주인이 집을 비워달라는 것이었다.

마침 내가 있던 절의 지하실이 비어 있었기에 주지 스님의 허락을 얻어 옮겨오게 되었다.

태국에서 보내온 부처님을 모시고 나니 제법 그럴듯한 법당이 꾸며졌다. 미얀마 근로자들은 토요일이 되면 절에 와서 법문도 듣고 정진도 하고 일요일 오후에 돌아갔다.

얼마 전에는 '한국-미얀마 불자 친선의 날' 행사를 열었는데, 양국간의 문화를 이해하고 상호 친목을 도모하는 계기가 되었다.

타국 만리에 수행하러 왔다가 늘 돈 때문에 걱정하는 것을 볼 때에는 무척 안타깝다. 가끔 전화 통화를 하면 '너무 힘들어요,

선방에 가고 싶어요' 하고 말할 땐 안쓰러운 마음 금할 길 없다. 뜻 있는 분들의 도움이 있었으면 좋겠다.

산디마 스님 연락처
    한국 미얀마 선원 : 02-3427-0087
    휴대폰 : 011-9983-5302

월명암月明菴

　인도의 유마 거사, 중국의 방 거사, 우리 나라의 부설 거사를 3대 거사라고 부른다.

　유마 거사는 부처님 재세시에 계셨던 분으로 불이법문(不二法門)으로 유명하며 《유마경》으로 전해지고 있다.

　어느 날 부처님은 제자들에게 유마 거사한테 문병을 다녀오라고 하셨다. 그러나 제자들 모두 유마 거사의 문병을 감당할 수가 없다고 사양하였다. 미륵 보살을 비롯한 다른 보살들도 문병을 감당할 수 없다고 사양하였다. 마침내 문수 보살이 문병을 가게 되었고 수많은 보살들과 부처님의 제자들이 그 뒤를 따랐다.

　이 병이 무엇 때문에 생겼느냐는 문수 보살의 질문에 유마 거사는 이렇게 대답하였다.

　"어리석다보니 탐심(貪心)이 생겼고 그러다 보니 병이 생긴 것입니다. 일체중생이 병들어 있으므로 나도 병이 들었습니다. 만약 일체중생의 병이 다 낫는다고 하면 그때 나의 병도 다 낫게 될 것입니다.

왜냐하면 보살은 일체중생들을 위하기 때문에 생사의 윤회 속에 들어 있고, 생사가 있는 곳에는 반드시 병이 있기 마련이기 때문입니다. 그러므로 중생이 병을 떠난다면 따라서 보살도 병이 없을 것입니다. 예를 들면, 어떤 장자에게 외동아들이 있는데 그 아들이 병이 나면 그 부모 역시 병이 날 것이며, 아들의 병이 나으면 부모의 병도 낫게 되는 것과 같습니다.

보살도 이와 마찬가지로 모든 중생들을 자신의 아들과 같이 사랑하므로 중생이 병을 앓게 되면 보살도 병을 앓게 되고, 중생의 병이 다 나으면 보살의 병도 다 낫게 됩니다. 이 병이 무엇으로 해서 생겼는가 하면 그것은 보살의 대비(大悲)로부터 생긴 것입니다."

중국의 방 거사 가족은 모두 도인이었다.

어느 날 방 거사는 딸에게 정오가 되면 알려달라고 하고 손님과 같이 차를 마시며 담소를 하였다. 방 거사의 딸은 아버지가 열반에 드시려고 한다는 것을 알아차리고 마당에 있는 바위 위에 앉아 먼저 열반에 들고 말았다.

딸이 먼저 열반에 든 것을 알고 나서 방 거사는 대화를 나누다

말고 그대로 열반에 들었다.

손님이 밭에서 일하던 방 거사의 아들에게 이런 사실을 알리니 방 거사의 아들은 괭이자루를 짚고 서서 그 자리에서 열반에 들었다.

방 거사의 부인은 세 사람을 화장하고 나서 홀연히 자취를 감추었다.

우리 나라의 부설 거사는 신라 선덕왕 때 경주에서 태어나 어려서 출가해 불국사에서 스님이 되었다. 함께 공부하던 영희(靈熙) 스님, 영조(靈照) 스님 등과 함께 전남의 여러 명산을 순례하다 지금의 변산(邊山)반도에 묘적암(妙寂庵)을 짓고 몇 해 동안 수도하다가 오대산을 향하게 되었다.

그러던 중 하루는 지금의 김제 만경들에 있는 어떤 집에서 묵게 되었다. 그 집에는 18세 된 묘화(妙花)라는 벙어리 딸이 있었는데 부설의 법문을 듣고는 말문이 열렸다.

감격한 묘화는 부설에게 부부가 되자고 했으나 부설은 승려의 몸으로 그럴 수 없다고 하였다. 이에 낙심한 묘화가 스스로 목숨을 끊으려 하자 부설은 '보살의 자비는 곧 중생을 인연 따라 제도하는 것'이라고 생각하고 그녀의 청을 들어 부부가 되었고, 두 도반 스님은 오대산으로 떠났다.

20여 년의 세월이 흐른 뒤 오대산으로 떠났던 영희 스님과 영조 스님이 부설에게 들렀다.

오랫만에 만난 세 친구는 서로의 도력(道力)을 시험해 보기로 했다. 물병 세 개를 매달아 놓고 돌로 병을 깨뜨렸는데 두 친구의 것은 병이 깨지며 물이 흘러내렸으나 부설의 것은 병만 깨어지고 물은 허공 중에 그대로 매달려 있었다.

그리고는 '참된 법신(法身)에 생사가 있을 수 없다'는 임종게(臨終偈)를 남기고는 단정히 앉아 열반에 들었다. 이에 두 친구가 다비해 그 사리를 변산 묘적봉 남쪽에 안치하였다.

위의 내용은 영허대사집에 나오는 내용으로 현재 월명암 서쪽에 있는 묘적암 뒤에 2기의 부도가 있는데, 이 가운데 왼쪽에 있는 석종형 부도가 부설거사의 사리탑이라고 한다.

부설 거사에게는 아들 등운(登雲)과 딸 월명(月明)이 있었다.

어느 날 부목(負木)*이 월명에게 몸을 달라고 자꾸 조르자 월명은 오빠 등운에게 어떻게 할까 하고 물어보았다. 처음에는 오빠 등운이 월명에게 한 번 몸을 주라고 했지만 횟수가 늘어나자 안되겠다 싶었는지 부목이 군불을 때고 있을 때 월명과 같이 둘이서 부목을 아궁이 속으로 밀어 넣고 아궁이 문을 닫아버렸다. 부목은 그대로 불에 타죽었다. 그리고 나서는 이렇게 말했다.

"너와 나는 살인을 하였으니 이제 죽으면 무간지옥(無間地獄)*에 떨어질 것이다. 무간지옥을 면하는 길은 죽기 전에 성불하는 길밖에 없으니 부지런히 정진하자."

그 뒤로 등운과 월명은 열심히 정진하여 성불하였다.

현재 월명암에는 사성문(四聖門)과 사성선원(四聖禪院)이 있는데 부설거사와 그의 부인, 그리고 등운과 월명을 가리키는 사성(四聖)에서 비롯된 것이다.

월명암은 태고사(太古寺), 운문암(雲門庵)과 함께 호남지방의 3대 영지(靈地)로 손꼽힌다.

월명암에서 바라보는 일출도 장관이지만 뒤쪽으로 조금 올라가서 있는 낙조대(落照臺)에서 바라보는 일몰 또한 장관이다. 또한 월명암에서의 달은 유난히 크고 밝다. 월명암은 부설거사의 딸 월명의 이름을 따서 지었고, 계룡산에 가면 등운이 살았다는 등운암이 있다.

몇 해 전에 월명암에서 한 철 결제를 나게 되었다.

원주(院主)*를 할 사람이 없어서 내가 원주 소임을 맡게 되었다.

주지도 없고, 신도도 없고, 자동차 도로에서 2.4km를 산 위로 걸어 올라가야 하는 절에서 원주를 한다는 것은 무척 힘든 일이었다.

주지 소임, 원주 소임, 행자 소임을 혼자 하게 되었다.

월명암 조금 옆에 작은 초암(묘적암)이 있는데 월인(月印) 노스님께서 오랫동안 주석하고 계셨다.

노스님께서는 80이 넘은 연세에도 불구하고 생식을 하셨는데 야채 조금과 과일 조금을 드셨다. 납자(衲子)* 들이 찾아오면 노스님께서는 이렇게 말씀하셨다.

"나는 산짐승처럼 사는 사람인데 뭘 알겠습니까? 나는 아무 것도 모릅니다."

노스님의 삶은 오로지 정진뿐이었다. 얼마 전에 열반에 드셨기 때문에 이젠 뵐 수 없음이 안타까울 따름이다.

....

부목(負木): 절에서 나무를 하거나 잡일을 하는 사람. 불목, 불목지기라고도 한다.
무간지옥(無間地獄): 상상을 초월하는 고통을 받는 것이 끝이 없으므로 이와 같이 이름함.
원주(院主): 사찰의 살림살이를 맡아 하는 스님.
납자(衲子): 납의(衲衣)를 입은 사람, 즉 승려를 뜻함. 납의란 기운 옷을 말한다.

울력

대중 처소에는 여러 가지 울력이 있다.

여름철에는 풀베기 울력, 잡초 뽑기 울력, 감자 캐기 울력 등이 있고, 겨울철에는 김장 울력, 문 창호지 바르기 울력, 눈 치우기 울력 등이 있다.

옛날에는 땔감용 나무하기 울력이 가장 중요한 울력이었겠지만 지금은 대부분 기름 보일러이다보니 나무하기 울력은 거의 없어졌다.

겨울에는 눈을 치우는 울력을 자주 하게 된다.

수도암이나 운문암처럼 높은 곳에 위치하고 있는 절에서는 겨울철에 눈이 많이 내리기 때문에 눈 치우기 울력이 잦다.

눈이 많이 내리고 나면 경운기 뒤에다가 널빤지로 만든 눈밀개를 달아서 끌고 나가면서 1차적으로 눈을 치우고 나면, 빗자루를 든 스님들이 뒤따라가면서 눈을 쓸어낸다.

대개 동안거 전에 김장 울력을 하는데, 여러 사람이 겨울 내내 먹어야 하기 때문에 많은 양의 김장을 담근다. 따라서 밭에 있는 배추를 뽑아서 다듬고 씻고 절이고 하려면 일손이 많이 필요하다.

해인사에서는 단오날이 되면 사찰의 화재를 예방하기 위해 매화산의 화기(火氣)를 누른다는 의미에서 매화산에 소금단지를 묻는 울력이 있는가 하면, 송광사에서는 대밭을 정리하는 울력도 있다.

불사(佛事)가 많은 절에서는 지붕에 기와를 올리는 울력을 하기도 하고, 씨뿌리기, 나무심기 등의 울력을 하기도 한다.

대중 처소에서는 예불, 공양, 울력을 3대 의무라고 하는데, 예불과 공양을 마음대로 빠질 수가 없듯이 울력 또한 마음대로 빠질 수가 없는 것이다.

울력 목탁을 치면 죽은 시체도 벌떡 일어난다고 말하듯 울력은 모든 대중이 동참하는 중요한 일이다.

대중 삭발

대중 처소에서는 삭발하는 날이 정해져 있다.

매달 음력 초하루와 보름날에 법회가 열리는데 하루 전날인 음력 그믐날과 열나흘날에 삭발을 하게 된다.

욕두(浴頭) 스님*은 큰방에 삭발대야와 수건, 면도기 등의 삭발 도구를 준비하고 정해진 시간이 되면 목탁을 울린다. 어른 스님 부터 차례로 삭발을 하게 되는데, 젊은 스님들은 어른 스님들의 삭발을 해드린다.

삭발을 해드리는 것은 복을 짓는 일이기에 은근히 경쟁이 되곤 한다.

한 스님은 삭발하는데 5분도 걸리지 않을 만큼 빠르고 능숙하게 삭발을 잘 하였는데, 스님들이 그 스님을 '삭발존자(削髮尊者)', 또는 '우바리 존자'라고 불렀다. 우바리 존자는 왕궁의 이발사였는데 왕자들이 출가하는 것을 보고 출가하여 부처님 십대제자가 된 분이다.

삭발을 마치고 나면 서로 '성불하십시오' 하고 인사를 한다.

삭발을 하고 나서는 대중목욕을 하는데 시자(侍者) 스님들은 노스님들의 때밀이가 되어 목욕 시중을 든다.

삭발을 하고 나면 상쾌하기 그지없다.

가장 기분 좋은 날이 바로 삭발하는 날이다.

....

욕두(浴頭) 스님: 목욕에 관련된 소임을 맡은 스님.

자자自恣와 포살布薩

　불자로서의 청정함과 성스러움을 유지하고 재확인하는 동시에 죄를 지었을 때 참회하는 의식으로 자자(自恣)와 포살(布薩)이 있다.

　이러한 의식은 부처님 당시부터 지속되어 온 성스러운 것으로, 포살은 초하루와 보름에 모든 스님들이 모여 장로가 계본을 읽고 그 동안의 생활 속에서 계(戒)에 어긋난 행위를 했을 때에는 대중들 앞에 나와 위반한 사실을 고백하고 참회하며, 계를 어기지 않은 사람은 앞으로도 계를 잘 지키겠다는 다짐을 하는 의식이다.

　재가신자에게는 5계, 사미(니)승에게는 10계, 비구에게는 250계, 비구니에게는 348계가 있다.

　자자(自恣)는 안거(安居)의 마지막 포살일에 행해지는데, 자기의 잘못을 지적해 달라고 동료 스님들께 청하는 것으로, 동료 스님들은 상대방을 바른 길로 인도하기 위해 잘못을 지적하고, 지적을 받은 스님은 기꺼이 받아들여 자신의 생활자세를 반성하고 고쳐나가는 것이다.

대개 선원에서는 말없이 살기 때문에 이 자자 때에 자기의 잘못을 스스로 대중 앞에 고백하고 참회하며, 또한 다른 사람의 잘못을 지적해 주기도 하고, 선원 생활에 있어서 개선할 점에 대해 의견을 내놓기도 한다.

봉암사에서 동안거를 날 때의 일이다.

내 옆의 스님이 밤 9시 취침시간만 되면 날마다 내 머리맡에서 물구나무서기를 하는 것이었다.

새벽 3시부터 온 종일 정진에 애쓰다보면 육체적으로 피곤하기 때문에 대부분 밤 9시가 되면 잠자리에 든다. 물론 법당이나 뒷방에 가서 정진을 계속하는 스님들도 있지만 선방 안에서 정진을 계속 할 경우에는 다른 사람의 수면을 방해하지 않도록 매우 조심해야 한다.

한 방에서 50명 가까운 대중이 같이 자고 같이 정진하면서 살다보면 작은 일로도 상대방 정진에 누를 끼칠 수 있기 때문에 모든 언행을 매우 조심하며 지낸다.

그런데 많은 스님들이 잠에 들려고 하는 시각에 방 한가운데에서 10분 정도 물구나무서기를 하니 자꾸만 신경이 쓰이는 것이었다.

여러 날이 흐르도록 아무도 말이 없었다.

어느 날 또 내 머리맡에서 물구나무서기를 하고 있는 그 스님에게 나는 화를 벌컥 내었다.

"스님! 스님은 스님 때문에 불안해서 잠을 못 자는 다른 사람은 생각하지 않습니까? 물구나무서기를 하려면 지대방에 가서 하십시요."

그 다음날 그 스님은 나에게 미안하다고 사과를 했다. 나도 대단히 죄송하다고 사과를 했다. 둘이서 살짝 얘기를 나눴으면 될 것을 큰방에서 큰소리로 화를 내어 후회가 되었다.

그 동안거 자자 때에 나는 대중 스님들께 나의 잘못을 말씀드리고 참회를 했다.

성불도成佛圖 놀이

설날은 우리 민족 최대의 명절이다.

고향에서 가족들과 함께 설날을 맞이하기 위해 해마다 민족 대이동이 일어난다. 설빔을 차려입고 정성껏 만든 음식으로 조상들께 차례를 지내며, 웃어른들께 세배를 올린다. 그리고는 여기저기에서 윷판이 벌어진다. 윷놀이는 남녀노소 누구나 쉽게 참여할 수 있는 전통놀이이다.

농촌에서는 정월 대보름까지 설 분위기가 이어진다. 요즈음은 지신밟기 같은 것은 많이 없어졌지만 윷놀이는 아직도 동네 주민들의 화합을 이루는 중요한 연례 행사로 자리매김 하고 있다.

절에서도 설날은 큰 명절이다.

설날이 되면 새벽 예불 때 모든 대중이 법당에 모여 통알(通謁)이라고 하는 의식을 올리는데, 부처님을 비롯한 삼보(三寶)와 호법신중과 인연 있는 일체 대중에게 세배를 올린다. 통알을 마치고 나서는 조상들과 무주고혼(無主孤魂)들을 위해 재를 지낸다. 그리고 나서 여러 어른 스님들께 세배를 하러 다닌다.

스님들에게도 설날은 일종의 공휴일인 셈인데 윷놀이도 하지만 성불도 놀이를 많이 한다.

성불도 놀이는 조선시대 서산대사가 만들었다고 전해지는 불교 전통 놀이이다. 성불도 놀이는 불교식 수행차제와 함께 육도(六道)의 윤회전생(輪回轉生)을 통한 불교의 윤회관을 제시하면서, 염불(念佛), 참선(參禪), 교학(敎學)의 수행을 통해 윤회의 길에서 벗어나 깨달음의 길에 들게 됨을 그 목표로 하고 있다.

서산대사 《고기(古記)》에 '고도(古圖)에 여러 가지가 있으나, 권(權)과 실(實), 돈(頓)과 점(漸), 그리고 수도(修道)하여 번뇌를 끊어가는 것이 앞뒤가 맞지 않는 까닭에, 내(서산)가 거기에 더할 것은 더하고 뺄 것은 뺐다'라고 기록되어 있는 점으로 볼 때 서산대사 이전에도 여러 종류의 성불도 놀이의 도판(圖版)이 있었음을 알 수가 있고, 현존하는 성불도 놀이의 체계는 서산대사가 만들었음을 알 수가 있다.

'나무아미타불'이 새겨진 주사위 세 개를 동시에 던져서 나오는 글자에 따라 불패를 옮겨가며 노는 것인데, 서로 잡고 잡히는 것은 없기 때문에 여러 사람이 한꺼번에 놀 수가 있다.

한 사람이 대각(大覺)을 이루어 성불하면 모두 그 사람에게 삼배를 하고 법문을 듣는 것으로 끝나게 된다.

누가 빨리 대각을 이루어 부처가 되느냐 하는 놀이이니 이 얼마나 의미 있고 유익한 일인가?

넷째 마당 · 태백산 토굴 이야기

토굴에서

萬山에 진달래꽃 지천으로 물이 들면
竹杖에 기대고서 졸음이나 청해보고

한줄기 소나기에 뭉게구름 피어나면
누워보고 앉아보고 거꾸로도 서서 보고

붉은 단풍 노란 단풍 앞산 뒷산 수놓으면
티없는 하늘보고 한바탕 웃어보고

온 하늘 가득히 白雪이 날릴 때면
눈가에 번진 미소 나도 몰래 훔쳐보고

VIP

부처님께선 제자들에게 '한 나무 아래에서 사흘 이상 머무르지 말라'고 하셨다. 하루에 한 번 탁발해서 먹을 뿐 아무 것도 모아 두지 말라고 하셨다. 옷은 남이 버린 것을 주워서 기워 입도록 했다.

철저한 무소유였다.

그런데 나는 가진 것이 너무 많다.

몇 해 전, 태백산 자락에 있는 허름한 농가(農家)를 하나 구해서 살게 되었다.

험한 산길을 굽이굽이 돌고 돌아 높은 재를 넘어가면 마을 앞에 낙동강이 흐르고, 강을 따라 기찻길이 나 있는 산자락에 작은 마을이 있었다. 마을이라고 해봐야 모두 여덟 가구인데 띄엄띄엄 떨어져 있었다.

마을에서 버스를 타려면 기찻길을 따라 십리를 걸어야 했다.

기찻길을 걸어다니는 것은 불법이지만 다른 길이 없기 때문에 어린아이들도 이 길을 따라 학교에 다녔다. 학교로 가는 길 반대쪽으로는 길이 610m나 되는 기차 터널이 있는데 나는 이 터널을 수십 번이나 지나다녔다.

한 번은 이 기찻길을 따라 걸어가다가 터널 속에서 석탄을 실은 화물 열차를 만난 적이 있었는데 터널 밖에 나와보니 석탄가루로 뒤범벅이 되어 깜둥이가 되어 있었다.

기차 터널이 심하게 곡선으로 휘어져 있기 때문에 가운데 지점에서는 입구도, 출구도 보이지 않고, 한 치 앞도 보이지 않는 어둠이었다. 터널에 들어가 깜깜한 어둠 속에 있을 때에는 마치 지옥 속에 들어온 것 같았다. 그때마다 나는 이렇게 생각했다.

'번뇌망상에서 벗어나지 못하면 늘 지옥 속이다. 견성(見性)만이 살 길이다.'

깜깜한 어둠 속에서 빛이 있는 바깥 세상으로 나왔을 때 밝은 햇살이 너무나 고마웠고 세상은 눈이 부시도록 밝았다.

이 마을은 '오지의 사람들'이라는 TV 프로그램에 나올 정도로 산간 오지마을이었다.

소나무가 빽빽한 산에서는 송이버섯이 많이 났고, 노루가 마당까지 내려왔다. 송화 가루가 날릴 때에는 세상이 온통 송화 가루로 뒤덮였다.

처음 들어갈 때에는 숟가락 하나만 가지고 들어갔는데 세월이 몇 년 지나면서 살림살이가 자꾸 늘더니 급기야 자동차까지 생기게 되었다. 어떤 사람이 폐차하기엔 아까워서 단돈 십만 원에 판다고 하길래 사게 되었다.

십 년이 넘은 차라 외형은 많이 낡았지만 내가 구입한 뒤로도 3년이 넘도록 별 탈없이 잘 굴러다닌다.

험한 산길에 아무리 부딪쳐도 마음이 편해서 좋다.

새차를 샀더라면 이렇게 마음이 편하지 못했을 것이다. 행여 부딪치지 않을까 조마조마, 혹 부딪치면 아까워서 마음 고생. 생활의 도구가 아니라 마음의 짐이 되었을 것이다.

네팔에 가서 일년 동안 살다 온 스님이 이 차를 보고서 하는 말,

"네팔에 가져가면 VIP용입니다."

송이버섯 이야기

태백산은 소의 천엽처럼 생긴 산으로 수많은 골짜기와 방대한 유역으로 이루어져 있기 때문에 한번에 태백산을 다 돌아본다는 것은 거의 불가능하다. 남쪽으로는 경북 봉화군이고 동쪽으로는 경북 울진군과 강원도 삼척시이고, 북쪽으로는 태백시, 서쪽으로는 정선군, 영주시에 닿아 있다. 행정 구역상 경북 영주시에 있는 부석사도 태백산 부석사라고 말한다.

백두(白頭)가 호랑이의 머리라면 태백은 등뼈에 해당된다.

대동강과 한강이 젖줄기여서 평양과 서울이 정치, 경제, 문화, 교육의 중심지라면 포항, 울산, 부산은 등뼈의 끝인 항문에 해당되기 때문에 포항 제철에서는 쇠똥이 쏟아져 나오고, 울산 정유 공장에서는 기름이 쏟아져 나오며, 항구에서는 자동차를 포함한 많은 물자를 연신 실어내기에 바쁘다.

태백산 유역에는 송림(松林)이 울창하고 잡목이 거의 없다. 춘양목이라는 적송(赤松)이 대부분이다.

울진에서 불영계곡을 지나 내륙으로 조금 들어오다 보면 소광천 입구가 있고, 여기에서부터 북쪽으로 소광계곡이 나있는데 흔히 소광 팔십 리라고 말한다. 이 소광계곡 깊숙이 들어가면 춘양목 군락지가 있는데 높이가 약 30m에 이르는 춘양목이 빽빽이 들어서 있다. 춘양목을 실어 나르기 위해 일제시대 때 철로를 놓았다고 할만큼 춘양목은 고급 목재이다. 나이테의 간격이 아주 촘촘하기 때문에 옛날에 왕궁을 지을 때에는 이 춘양목을 사용하였다고 한다. 지금도 역시 가장 비싼 목재로 취급하고 있다.

현재 내가 지내고 있는 곳은 태백산 유역의 남쪽 끝부분인 봉화군인데 이 지역에는 송이버섯이 많이 난다.

송이버섯은 잡목이 없고 송림이 울창한 곳에서만 나는 버섯이다. 그 맛과 향이 빼어나고 수요에 비해 생산량이 적기 때문에 가격이 무척 비싸다. 비쌀 때에는 1kg에 50만원을 넘을 때도 있다.

송이버섯은 기온이 약간 서늘해지는 9월 중순 무렵부터 나기 시작하여 10월 중순 무렵까지 약 한 달 간 생산된다. 땅에 습기가 많아야 하기 때문에 여름과 가을에 걸쳐 비가 많이 내리고 가을 기온이 너무 덥지도 너무 춥지도 않을 때에 많이 생산된다.

송이버섯의 가격이 워낙 비싸다 보니 송이 철이 되면 동네 인심이 고약하게 된다. 어느 산에 송이 도둑이 들었다는 둥, 누가 따갔을 것이라는 둥, 입소문이 무성해진다. 그래서 이때가 되면 개인 소유의 산 근처에는 얼씬도 하지 못한다.

그렇지만 나는 산도 지켜줄 겸, 송이도 따줄 겸, 동네 사람을 따라다니며 송이버섯을 직접 따볼 기회가 있었다.

송림이 울창한 산 속에서 솔 향기를 맡으며 송이를 따러 다닐 때에는 심마니가 된 기분이다.

송이버섯은 머리 부분인 갓이 펴지지 않은 것은 상품, 조금 펴진 것은 중품, 우산처럼 완전히 펴진 것은 하품으로 분류하는데 그 가격 차이가 매우 크기 때문에 갓이 펴지기 전에 따내는 것이 중요하다.

그런데 갓이 크게 펴진 것은 쉽게 눈에 띄지만, 갓이 펴지기 전에는 솔잎이 떨어져 쌓인 솔갈비 속에 묻혀 있기 때문에 발견하기가 무척 어렵다. 그렇지만 해마다 올라온 자리에는 어김없이 또 올라오기 때문에 그 자리를 알고 있는 사람은 쉽게 따낼 수가 있다. 그래서 송이가 나는 자리는 아들한테도 가르쳐주지 않는다는 말이 있다.

송이 생산지에 살다 보니 그 비싼 송이를 실컷 먹을 수가 있었다. 송이를 캐서 등에 지고 이 산 저 산 돌아다니다 보면 부러지는 것도 있고, 산짐승들이 먹고 남은 것도 있고, 약간 썩은 것도 나오는데 이런 것들을 모아 송이 파티를 여는 것이다.

사실 맛에서는 상품과 하품의 차이가 거의 없다.

일반 사람들은 송이국을 끓일 때 온갖 재료를 다 넣어 끓이는데 이렇게 하면 송이의 특이한 향이 죽어버린다. 송이국을 끓이는 아주 간단한 방법 중의 하나는 다음과 같다.

먼저 애호박을 썰어서 소금으로 간을 하고 국을 끓인다. 국이 다 끓고 나면 송이를 넣고 불을 약간 약하게 하여 2-3분 정도 끓여서 먹으면 된다. 처음부터 송이를 같이 넣거나 너무 오래 끓이면 송이의 향이 날아가 버리고 질긴 송이만 남게 된다. 잠깐만 끓여도 송이는 익고 국물에도 그 향기가 그대로 배어 있다.

또한 뜸을 들일 때 잘게 찢은 송이를 올려놓기만 하면 송이향기 그윽한 송이밥이 된다.

여럿이 둘러앉아 그 비싼 송이를 실컷 구워 먹는 모습을 일본 사람들이 본다면 아마 기절할 것이다. 일본 사람들은 송이 한 개로 여러 번 국을 끓여먹는다고 하니까.

송이버섯은 산이 베풀어주는 귀중한 선물이다.

우후죽순 雨後竹筍

이 토굴에 처음 들어올 때 오죽(烏竹)의 뿌리를 조금 가져와서 앞뜰에다 심었다.

처음에는 가느다란 죽순이 올라오더니 몇 해가 지나면서 제법 굵은 죽순이 올라온다. 4월 중순부터 죽순이 올라오는데 비가 오고 나면 이 때다 싶은지 한꺼번에 올라온다.

무슨 일이 한꺼번에 일어나는 것을 우후죽순(雨後竹筍)이라고 말하는데, 비가 오고 나면 죽순이 한꺼번에 올라오는 것을 보고 하는 말이리라.

왕대밭에 왕대 난다는 말도 있는데 대나무는 해마다 자라는 것이 아니고, 죽순이 올라온 해에 다 자란다. 죽순이 올라오기 시작하면 하루 하루가 다르게 쑥쑥 자라서 한 달 정도면 키가 다 자라버린다.

그래서 죽순이 올라오기 시작하면 하루에도 몇 번씩 가보게 된다.

줄기가 자라고 나서 잎이 나오는 것도 신기하기만 하다.

비가 잘 오지 않아 대밭에 호스를 이용하여 물을 흠뻑 주고 나면 더할 나위 없이 기분이 좋다.

아침에 일어나서 대밭에 가보면 댓잎마다 조롱조롱 이슬이 매달려 있는 것이 너무나 싱그럽다.

겨울 아침

언제부턴가 겨울을 좋아하게 되었다.

겨울이 되면 겨울잠을 자는 동물들처럼 나도 동면에 들어간다.

배고픔과 대소변만 해결하면 그저 죽은 듯이 지낸다.

해가 조금씩 짧아지고 해가 조금씩 길어지는 것을 느끼다 보면 겨울이 다 지나간다.

소리 없이 밤새 눈이 내려 온 세상이 하얗게 뒤덮인 겨울 아침, 밝은 아침 햇살을 타고 들려오는 산새들의 활기찬 지저귐은 이 세상 어떤 음악보다도 아름다운 소리이다.

동창이 밝아옴이 이르다 싶어
문틈으로 내다본 바깥 세상은
동화의 나라보다 신기하구나.
소녀의 수줍음 마냥

어쩌면 그렇게 아무도 몰래
밤새 소리 없이
함박눈이 내렸나.
설레임이란
얼마나 때묻은 언어인가?
아!
이 순간을 위해
긴 밤 고요가 있었나보다.
아기산새 파닥파닥 날개짓 따라
아침 햇살 방울방울 퍼져나간다.

소백산 산신령

소백산 초암사 계곡을 따라 한참을 올라가면 초암사가 있고, 거기에서 개울을 따라 한 시간 정도 걸어 올라가면 동선생이 50년 가까이 살았던 토굴이 나온다.

그가 동선생으로 불리워지는 것은 아마 성(姓)이 동씨였기 때문이리라.

조그만 문을 열고 방안으로 들어가면 똑바로 설 수 없을 만큼 천장이 나즈막한 방 한 칸에 옷가지와 이불이 놓여 있다.

동선생은 6.25때 피난 내려와 이곳 소백산 품속에서 평생을 홀로 살았다. 전기가 들어오지 않으니 문명의 혜택과는 거리가 먼 곳이었다. 이런 곳에서 한평생을 살 수 있었던 것은 오로지 그가 수행자였기 때문이다.

어느 날 동선생은 몸이 아파서 병원에 며칠 입원을 하였는데 가진 돈이 없어서 병원비를 낼 수가 없었다. 동선생의 재산을 압

류하려고 사람들이 올라와 보니 옥수수 한 자루 외에는 가진 것이 아무 것도 없었다. 사람들은 동선생이 생활보호대상자의 혜택을 받을 수 있도록 조치를 해 주었다.

돈이 없이 살던 동선생은 생활보호대상자의 혜택을 받게 되자 고아를 한 명 데려다 길렀다. 그 아이는 국망봉 아래 초암사 계곡에서 산을 넘어 삼가동에 있는 초등학교에 다녔다. 이 아이가 산을 오르내릴 때에는 어른도 따라가지 못한다고 소문이 자자했다.

얼마 전에 동선생은 열반에 들었고 이 아이도 어디론가 떠났다.

한평생을 소백산 깊숙한 곳에 묻혀서 이름 없이 살다간 동선생은 아마도 죽어서 소백산 산신령이 되었을 것이다.

무외시無畏施

　토굴에 혼자 살고 있으면 쌀이 떨어졌을 때가 가장 큰 문제이다.

　지리산 깊은 곳 인적 없는 곳에 어떤 스님이 토굴을 짓고 살고 있었다. 어느 날 쌀이 떨어져 버렸다. 그래도 그 스님은 며칠이 지나도록 가만히 앉아 있었다.

　그런 어느 날, 생면부지의 어떤 보살님이 쌀을 이고 와서는 넙죽 절을 하는 것이었다. 꿈에 어떤 노인이 나와서 지리산에 사시는 스님이 쌀이 떨어졌으니 빨리 갖다드리라고 며칠을 독촉하길래 쌀을 이고 무작정 지리산으로 왔다는 것이었다.

　현재 내가 거처하고 있는 토굴 근처에는 스님들의 토굴이 매우 많다.

　조계종에서는 스님들이 개인 재산을 가지는 것을 불허(不許)하고 있지만 조용히 혼자 있고 싶어하는 스님들을 강제로 막을 수는 없는 일이다.

대중 처소에 여럿이 모여 살면 배울 점도 많고 좋은 점도 많다. 하지만 번거로운 점도 많기 때문에 혼자만의 단촐한 생활이 좋은 경우도 있다. 홀로 있으면 아무런 가식(假飾)이 필요 없기 때문에 그만큼 진솔해질 수 있다.

내 짧은 연륜에도 우리가 어릴 적에는 누구나 가난하게 살았다. 배고픔을 해결하는 것이 가장 큰 문제였다.

우리 나라가 보릿고개를 해결한 것은 불과 얼마 전이다.

얼마 전 IMF로 많은 사람들이 어려움을 겪고 있는 것도 사실이지만 먹을 것이 없어서 나무뿌리 캐 먹던 시절에 비하면 훨씬 더 잘 산다고 봐야 할 것이다. 사람들은 정신적으로 상대적 빈곤감을 극복하지 못하기 때문에 힘들어한다. 아래쪽을 보려고 하지 않고 자꾸만 위쪽을 바라보기 때문이다.

포항에서 세탁소를 하시는 한 보살님은 토굴에 사는 스님들이 쌀 때문에 걱정한다는 말을 듣고 해마다 쌀보시를 하고 계신다. 나한테 50만원을 보내면 그 돈으로 쌀을 사서 이 토굴 저 토굴 다니면서 쌀을 나누어 드리는데 스님들이 무척 고마워한다.

보시에 무슨 차별이 있으련만, 다만 받는 사람이 실제로 필요로 하는 것을 보시하는 것이 더욱 유용하리라는 생각이 든다. 하지만 그것도 쉬운 것은 아니다. 주변에 대한 애정어린 관심이 있어야만 무엇이 필요한지 알 수 있기 때문이다.

  형편이 넉넉한 것도 아니고 받는 사람 얼굴도 모르면서 해마다 겨울이 오기 전, 쌀보시를 하시는 것을 보면서 이런 것을 '무주상 (無主相) 보시'라고 할 수 있지 않겠나 하는 생각이 들었다.

산행山行

한라산을 오르면 이국적(異國的)인 정취가 있어서 좋다.

제주도는 화산 폭발로 생겼기 때문에 육지에서는 느낄 수 없는 풍경이 많다. 특히 영실(靈室) 기암(奇巖)은 장관이다. 세상 사람들은 영실 기암을 오백 장군이라고 부르지만 실제로는 오백 나한(羅漢)을 뜻한다. 부처님의 제자 중에서 깨달음을 얻은 오백 명의 제자들을 오백성(五百聖), 또는 오백 아라한(阿羅漢)이라고 하는데 그것에서 이름한 것이다.

한라산이라는 이름도 원래는 나한산(羅漢山)이었다고 한다.

영실 기암을 지나 윗세오름으로 가는 분지를 걷다보면 심심찮게 야생 노루가 한가로이 뛰노는 모습이 보인다.

요즈음에는 정상 등반이 통제되어 정상까지 올라갈 수 없는 것이 무척 아쉽다.

지리산을 오르면 육중한 맛이 있어서 좋다.

노고단에서 천황봉까지 능선을 따라 걷노라면 구름 위에 있는 기분이다.

몇 해 전 벽송사(碧松寺)에서 동안거를 지낼 적에 영원사 뒤로 한참을 올라가 있는 상무주(上無住)라는 암자로 대중 산행을 간 적이 있는데, 상무주에서 바라보면 지리산 전체가 병풍을 펼쳐 놓은 듯이 한눈에 들어왔다.

우리 나라의 산들은 거의 다 하루에 오를 수 있지만 지리산만큼은 종주를 하려면 2박 3일 정도로 일정을 짜는 것이 좋다. 산장에서 하룻밤을 묵고 나서 새벽길을 걸어보는 것도 신선한 즐거움이다.

지리산을 걷노라면, 눈이 없는 맨땅을 밟으니 따뜻한 온기가 느껴졌다는 이태 님의 '남부군'이 떠오른다.

지리산만 해도 이렇게 웅장한데 만년설로 뒤덮인 히말라야는 얼마나 장엄할까 상상해 본다.

사람들을 두 가지 부류로 나눈다면 어떻게 나누겠느냐는 질문에 달라이 라마는 '히말라야를 본 사람과 보지 못한 사람'이라고 대답했다고 한다.

산이야 사시사철 늘 새롭고 좋지만 소백산은 철쭉이 한창일 때가 제격이고, 태백산은 눈으로 뒤덮였을 때가 제격이라면 설악산은 단풍이 물든 가을철이 제격이다.

고등학교 수학여행 때 수박 겉 핥기로 가본 설악산을 벼르고 벼르다가 마침내 산행을 하게 되었다.

일행이 있으면 소란스럽고 산만해지기 때문에 산행을 할 때는 나는 언제나 혼자서 한다.

백담사 입구에서 계곡을 따라 한참을 걸어 들어가니 개울 건너편에 백담사가 있었다. 조그마한 암자가 이제는 대찰(大刹)이 되어 있었다.

마침 저녁 공양을 마치고 포행을 나온 스님들로 산골짝이 붐비었다. 웬일인가 했더니 기초선원 스님들이라고 한다. 봄과 가을에 한 달씩 기초선원을 여는데 인원이 많아서 세 군데로 나누어서 실시하고 있다고 한다. 이 깊은 산중에 와서 50명의 참선 납자(衲子)들을 만나니 더 없는 반가움이었다.

백담사에서 하룻밤을 묵고 나서 아침 일찍 출발하여 오세암(五歲庵)에 도착하니 원주 스님이 반갑게 맞이하며 차(茶)를 따라주셨다.

오세암에서 봉정암으로 가는 오솔길은 호젓하고 정다운 길이었다.

밝은 햇살과 맑은 공기, 그리고 붉게 물든 단풍 …….

일명 깔딱고개를 지나 봉정암에 도착하니 저녁 무렵이었다. 봉정암은 석가모니 부처님의 진신사리를 모셔놓은 적멸보궁(寂滅寶

宮)이다.

다음날 아침 일찍 출발하여 대청봉에 올랐다. 설악산 전경과 동해 바다를 한 눈에 볼 수가 있었다.

대청봉 정상에서 쉬고 있는데 스님들이 자꾸 올라오는 것이었다. 백담사에서 기초선원을 나는 스님들이 추석날이라 산행을 왔다는 것인데, 내가 봉정암에서 대청봉을 오르는 시간에 백담사에서 대청봉까지 오다니 실로 어마어마한 일이라 입이 다물어지지 않았다. 그때 시각은 오전 9시 30분 정도였다.

내려올 때에는 천불동(千佛洞) 계곡으로 내려와 신흥사로 향했다.

곱게 물든 단풍잎 위로 밝은 가을 햇살이 쏟아지고, 기암천봉 아래로 손이 시리도록 맑은 물이 흐르고 수많은 폭포와 소(沼)가 있는 천불동 계곡은 가히 선경(仙境)이었다.

설악산이 이 정도인데 금강산은 또 얼마나 아름다울까?

만이천봉의 기암(奇巖)이 철마다 옷을 갈아입는 곳, 팔만구암자(八萬九庵子)의 전설이 살아있는 곳, 법기보살(法起菩薩)이 상주(常住)한다는 곳!

그리운 금강산아!

나도 밭을 간다

스님들은 홀로 있을 때보다 대중 처소에서 함께 정진하고 예불하고 공양할 때가 훨씬 여법(如法)하고 스님 냄새가 난다.

그러나 나는 홀로 사는 토굴을 예찬한다.

토굴에서는 조촐하게 지낼 수가 있어서 좋다.

어떤 사람들은 요즈음의 토굴이 너무 호화롭다고 욕을 하지만 겉모양이 호화롭게 보인다고 해서 속도 호화로운 것은 아니다. 홀로 사는 사람은 모든 것이 귀찮아져서 의식주가 간단하게 된다.

나는 무우말랭이 반찬 한 가지로 겨울 6개월을 산 적이 있는데, 내가 아는 한 스님은 한 달 동안 국수만 삶아먹은 적도 있다. 어쩌다 반찬이 많아지면 언제 이걸 다 먹어 치우나 하고 걱정이 되다가 다 먹고 나면 마음이 홀가분하고 편해진다.

무우구덩이를 파서 무우를 저장하고 김장만 조금 담그면 겨울을 날 수가 있고, 봄부터 가을까지는 반찬 걱정을 할 필요가 없다.

상추, 케일, 쑥갓, 열무에다가 된장만 있으면 그만이다.

간혹 쑥국을 끓여 먹기도 하고, 심심하면 뒷산에 올라가 두릅이라도 꺾어온 날은 식탁이 풍성하기만 하다.

현재 내가 살고 있는 토굴은 온돌방에다 대청마루가 있는 옛날 집이다.

추운 겨울날에는 군불을 때고 난 밑불에 군고구마를 구워먹고 따뜻한 온돌방에서 뒹구는 낙(樂)이 있고, 더운 여름날에는 넓은 대청마루에 누워 산에서 불어오는 시원한 바람에 풍욕(風浴)을 하는 낙이 있다.

해바라기가 노란 얼굴을 내밀고 웃는 모습을 바라보는 것도 즐거움이고, 마당을 가득 메운 그윽한 국화 향기에 취하는 것도 즐거움이다.

나는 달이 뜨면 전깃불을 켜지 않는다. 방안까지 비치는 달빛에 안겨 가만히 앉아 있으면 무릉도원이 따로 없고 신선이 따로 없다.

가끔 사람들은 나에게 뭔가 의미 있는 일을 해야지 그렇게 가만히 있으면 되느냐고 말할 때가 있다. 석가나 예수, 공자가 자동차나 TV를 잘 만들어 존경받는 것이 아니다. 경제의 주체는 사람이고, 아무리 발달된 과학문명도 정신이 올바르지 못하면 해가 된다. 사람은 빵으로만 사는 것이 아니다. 아무리 물질이 풍부하여도 정신이 빈곤하면 불행해진다.

수행자는 수행을 열심히 하는 것이 본분인 것이다.

세상 사람들은 바쁘게 일하는 것에서 보람을 느끼지만 나는 고요히 침잠(沈潛)하는 것에서 기쁨을 느낀다.

세상 사람들은 얻는 것에서 기쁨을 느끼지만 나는 버리는 것에서 기쁨을 느낀다.

세상 사람들은 물질적 풍요를 구하지만 나는 정신적 풍요를 구한다.

어느 때 탁발을 하러 오신 부처님께 농부는 이렇게 말했다.

"사문, 나는 밭을 갈고 씨를 뿌린 후에 먹습니다. 당신도 밭을 갈고 씨를 뿌리십시오."

부처님이 말씀하셨다.

"나도 밭을 갈고 씨를 뿌리오. 갈고 뿌린 다음에 먹소."

"우리는 지금까지 당신이 밭을 갈고 씨를 뿌리는 것을 본 적이 없습니다."

"믿음은 종자요 고행은 비며, 지혜는 내 멍에와 호미, 부끄러움은 괭이자루, 의지는 잡아매는 줄이고, 생각은 내 호미날과 작대기라오. 몸을 근신하고 말을 조심하며, 음식을 절제하여 과식하지 않고, 나는 진실로써 김을 매며, 온화한 성질은 내 멍에를

벗겨주오. 노력은 내 황소, 나를 안온의 경지로 실어다 주오. 물러남 없이 앞으로 나아가 그 곳에 이르면 근심 걱정이 없어지오.

내 밭갈이는 이렇게 이루어지고 감로(甘露)의 과보를 가져오는 이런 농사를 지으면 온갖 고뇌에서 풀려나게 되오."

《경집(經集)》

같이 살자

    토굴이라고 하면 사람들은 땅에 굴을 파서 사는 것이라고 생각하는데, 옛날 스님들이 바위 밑에 흙으로 조그맣게 방을 만들어 사는 것을 보고 토굴이라고 부른 데에서 유래된 것이 아닌가 한다.

    토굴은 수행자가 거처하는 곳을 이르는 대명사로 그 형태는 다양하다.

    절은 법당이 있고, 신행활동이 이루어지는 곳이라면, 토굴은 대부분 홀로 조용히 수행에만 전념하는 곳이다.

    요즈음 절이 관광지화 되면서 조용한 곳을 찾아 토굴로 가는 스님들이 많아졌다.

    현재 내가 거처하고 있는 토굴은 허름한 농가(農家)인데, 전기와 전화가 없는 곳에 살던 때를 생각하면 여기는 도시나 다름없다.

전기가 없으면 솥에 불을 때서 밥을 하게 되는데 불의 세기를 조정하고 뜸을 들이는 등 자연과의 교감이 필수적이지만, 전기가 들어오면 전기밥솥의 스위치만 누르면 끝이다. 그러고 나서는 TV를 본다. 그만큼 자연과는 멀어진 것이다.

현재 토굴 처마에 뱀 한 마리가 살고 있다. 길이가 1m 가까이 되는 놈이다.

벌써 몇 해 째 보인다.

마당에서 보였다가, 뒤뜰에서 보였다가, 화단에서 보였다가, 햇볕이 따스한 날에는 처마에 길게 몸을 늘어뜨리고 일광욕을 하는가 하면, 가끔은 마루에까지 진출할 때도 있다.

나는 여름철에는 모기장을 치고는 늘 방문을 열어놓은 채로 잠에 드는데, 이 놈이 혹시 방안에까지 진출하면 어쩌나 하는 생각이 들 때도 있다.

'모기장 속으로 들어와 버리면 나가지는 못할텐데…… . 나하고 원수가 지지만 않았다면 물지는 않겠지.'

이 놈이 처마 속에서 겨울잠을 자고 나서 봄에 나오면 아궁이에다가 허물을 벗어놓는다.

그런데 얼마 전 10월말인데 또 아궁이에다가 허물을 벗어놓았다.

참 이상한 일이다.

겨울잠을 자려면 옷을 입고 자는 것이 나을텐데…….

어떤 비구니 스님이 지리산 깊은 곳에서 토굴을 움막처럼 지어 놓고 혼자 살고 있었는데 뱀 한 마리가 매일 마당에 보였다고 한다.

'난 너하고는 같이 못사니 제발 다른 데로 가거라' 하고 통사정을 하여도 그 놈이 말을 듣질 않아 결국 스님이 다른 곳으로 가버렸다고 한다.

나도 그 놈 보고 '웬만하면 다른 데 가서 살아라' 하고 사정해 보는데 그 놈은 눈도 꿈쩍하지 않는다.

'여기가 내 집이니 싫으면 니가 가라' 하면서 배짱이다.

할 수 있나? 같이 살아야지.

청산에 사는 기쁨

봄내음이 가득한 오솔길을 홀로 걷는다. 노란 산수유의 꽃향기가 은은하고, 연분홍 산복숭아 꽃잎이 곱다.

지천으로 피어난 진달래는 온 산을 물들이고 있다. 진달래는 화려하지도 않고, 자태를 뽐내려고 하지도 않는다. 장미 같은 뜨거운 정열도, 목련 같은 단아함도 없이 그저 소리 없이 피었다가 말없이 질 뿐.

고향 앞산 뒷산을 온통 연분홍으로 물들이던 진달래, 그래서 진달래는 고향 같은 꽃이다.

산새들의 합창 속에 아침을 맞이하는 것은 청산에 사는 즐거움이다. 아침이 되면 산골짝마다 하얀 구름이 피어오르는 풍경은 신선하기만 하다. 흘러가는 개울물을 마음껏 쓸 수 있고, 맑은 공기를 마음껏 마실 수 있는 것만 해도 다행이다.

청산에는 꽃내음 풀내음 가득한 봄이 있고, 솔바람과 소낙비가 시원한 여름이 있고, 단풍잎 고운 가을이 있지만, 눈 내리는 겨울이 있어 더욱 좋다.

청산에는 꽃향기에 취하는 봄밤이 있고, 반딧불 반짝이는 여름밤이 있고, 낙엽 뒹구는 소리 쓸쓸한 가을밤도 있지만 긴긴 겨울밤의 적막함이 있어 더욱 좋다.

다섯째 마당 · 청산은 나를 보고

꽃과 바람

바람이
꽃에게 물었다.
"니, 뭐하노?"
"그냥 가만히 있다."

꽃이
바람에게 물었다.
"니, 뭐하노?"
"……."

바람은
꽃그늘에 누워
그냥 잠들어 버렸다.

산사음악회

몇 해 전에 법주사에서 지낼 때이다.

월산(月山) 큰스님의 다비식에 불국사로 버스가 간다고 하길래 참석하게 되었다.

식순에 따라 법회를 봉행하고 나서 다비장으로 가서 다비(茶毘)*를 하였다.

부처님도 화장을 하였고 스님들도 화장을 하는데 불자들이 화장을 하지 않는 것은 이상한 일이다. 매장을 선호하는 것은 유교문화의 영향이다.

우리 나라에선 매년 여의도의 3배에 해당하는 면적이 묘지로 잠식된다고 한다. 요즈음 화장문화가 퍼지고 있긴 한데 종교별로 선호도를 조사해본 결과 불교신자보다 타종교신자들의 선호도가 더 높다고 한다.

덧없는 육신에 집착하지 않도록 화장을 해주는 것이 돌아가신

분께도 좋은 일이다.

　다비식을 마치고 나서 온 김에 불국사 선방에서 며칠 지내기로
하였다. 결제철에는 이곳저곳을 옮겨다닐 수 없지만 해제철이었
기 때문에 불국사 선방에서 지낼 수가 있었다.
　그런데 이틀 후에 불국사에서 산사음악회가 열린다는 것이었
다.
　하루 전날, 리허설이 있었는데 구경을 갔다.
　불국사 법당 앞마당에 무대를 만들었고 관객들은 마당에서 구
경을 하도록 되어 있었다. 리허설에는 아무런 관객이 없었고 구
경꾼은 나하고 또 한 스님, 이렇게 단 둘뿐이었다.
　법당은 한밤에 비치는 조명으로 단청 빛깔이 새롭게 보이고,
다보탑과 석가탑은 조명 색깔에 따라 여러 가지의 모습으로 나타
났다.
　고요한 산사의 밤에 대금이 울려 퍼지고, 법당과 다보탑 석가
탑은 천만 가지의 색채로 단장하고, 회랑(回廊) 너머로 비춰지는
노송(老松)은 선열(禪悅)에 잠긴 듯, 불국사의 밤은 천년의 시간 속
에 잠겨 있었다.

　다음 날 밤 8시, 불국사 앞마당은 입추의 여지없이 사람들로
가득 차고 공연이 이어졌다.

1부에서는 김영동의 음악 공연이 있었고, 2부에서는 '예불'이라는 타이틀로 공연이 이어졌는데, 법고(法鼓)*와 대종(大鐘)이 토함산 자락을 흔든 다음, 청운교 백운교를 지나 자하문(紫霞門)으로 30명의 스님들이 입장을 하였다.

법당 앞 무대의 계단에 하얀 고무신이 가지런히 놓이고, 무대 위로 올라온 스님들은 관객들을 향해 예불을 올렸다.

지심귀명례
삼계도사 사생자부 시아본사 석가모니불
지심귀명례
시방삼세 제망찰해 상주일체 불타야중
......

수천 명의 관객이 한마음이 되어 지극한 마음으로 우러나오는 합창은 천년고찰의 밤하늘에 가득 찼다.

모두가 부처님이었다.

불국사의 밤은 그렇게 깊어갔다.

지난 10월에 청량산(淸凉山) 청량사에서 '천년의 만남'이라는 주제로 산사음악회가 열렸다.

청량사는 의상대사가 창건한 유서 깊은 절로서 청량산 중턱에 자리 잡고 있는데, 뒷산이 병풍처럼 둘러싸이고 양쪽으로 불쑥 솟은 봉우리는 마치 종을 엎어놓은 것 같은데 그 풍경이 한 폭의 그림 속에 나오는 절 같다.

내 토굴과는 가까운 곳이라 가볼 생각이었는데 사정이 생겨서 가지 못하게 되었다.

그 뒤, 도반 스님과 청량사에 가게 되었는데 주지 스님으로부터 그 날의 얘기를 듣게 되었다.

장사익, 안치환, 김영임, 심진 스님 등이 열창을 하고, 온 산 가득 관객들로 가득한 청량사는 그 전체가 무대가 되어 모두가 주인공이었다고 한다.

하나씩 밝혀지는 조명에 따라 산봉우리가 모습을 드러낼 때마다 탄성이 터져 나오고, 밤하늘의 별을 바라보며 가을공기 맑은 산사에서 열리는 산사음악회에 있었던 사람들은 행복했으리라.

다음에는 '천년의 소리'라는 주제로 법고(法鼓)를 주제 삼아 산사음악회를 열 예정이라고 한다.

학창시절에 고향 마을의 고운사(孤雲寺)에서 매달 한 번씩 열리는 철야정진 법회에 참석하였다가 새벽예불 때 울려 퍼지는 법고 소리를 들었을 때의 감동은 아직도 생생하다.

때로는 천둥소리처럼, 때로는 잔잔한 호수처럼, 마음속의 온갖 미진(微塵)을 털어가버리는 법고 소리가 청량산 가득 울려 퍼지는 그 현장에 꼭 가볼 생각이다.

청량산은 다시금 그 소리를 안았다가 한층 더 심오한 소리로
우리에게 되돌려주겠지.

....

다비(茶毘): 불에 태우는 화장을 뜻하는 불교 용어.
법고(法鼓): 사찰에서 쓰는 의식용 북. 사물(법고, 대종, 목어, 운판)의 하나로 축생
　　을 제도하기 위해 침.

군부대 법회와 교도소 법회

몇 해 전에 포항 근처에 있는 해병대 부대의 군법당에 법회를
보러 가게 되었다.

더운 여름날인데도 법당에는 300여 명의 군인들로 가득 차 있
었다.

나는 아래와 같은 법문을 하였다.

"군인과 스님은 비슷한 점이 많습니다.

여러분들도 머리를 깎았고 스님들도 머리를 깎았습니다. 여러
분들이 가족을 떠나 홀로 있듯이 스님들도 가족을 떠나 홀로 있
습니다. 여러분들이 단체 생활을 하듯이 스님들도 단체 생활을
합니다. 여러분들이 모두 똑 같은 옷을 입고 살듯이 스님들도 똑
같은 옷을 입고 삽니다.

여러분들이 나라를 지키기 위해 애를 쓰듯이 스님들은 자신을

지키기 위해 애를 씁니다.

세계에서 유일한 분단국가인 우리 나라는 참혹한 전쟁의 유산으로 지금도 휴전선을 비롯하여 삼면의 해안선을 철통같이 지키고 있습니다. 조금이라도 방심하면 우리의 생명과 재산이 위협을 받게 되기 때문에 잠시라도 쉴 틈 없이 지키고 있습니다.

스님들은 팔만 사천 번뇌로부터 자신을 지키고자 노력합니다. 조금이라도 틈만 생기면 팔만 사천 번뇌망상이 쳐들어와 자신을 빼앗아 가버려 망상의 노예가 되고 맙니다.

나라를 적에게 빼앗기면 주권을 행사하지 못하고 자유를 누리지 못하는 식민지가 되듯이, 우리 자신도 쓸데없는 망상에 빼앗기면 구름이 달을 가리듯 진아(眞我)는 가려지고 거짓 나일 뿐입니다.

앞으로 여러분들께서는 적이 쳐들어오는 것을 막기 위해 밤을 새워 해안 경비를 설 때 자기 마음 안에는 어떤 도적이 쳐들어오는지 잘 살펴보기 바랍니다. 내가 내 자신을 지키지 못한다면 누가 나를 지켜주겠습니까?

부처님은 팔만 사천 마군(魔軍)의 항복을 받고 부처를 이루었습니다. 그 팔만 사천 마군은 외부의 적이 아니라 자기 스스로 만들어내는 내부의 적인 것입니다. 자기의 마음을 잘 살펴서 틈만 나면 쳐들어오는 내부의 적으로부터 자신을 지키는 노력을 한다면 군 생활 3년이 여러분의 인생에 있어서 가장 가치 있는 시간이 될 것입니다."

몇 해 전에 경주 교도소에 법회를 보러 가게 되었다.

강당에는 재소자들이 꽉 차 있었고 그들은 스님이 법회를 보러 왔다는 것만으로도 신심이 나서 찬불가를 우렁차게 불렀다. 모두 초롱초롱한 눈빛으로 나를 쳐다보고 있었다.

나는 이렇게 법문을 하였다.

"여러분과 스님은 비슷한 점이 많습니다.

여러분들도 머리를 깎았고 스님들도 머리를 깎았습니다. 여러분들이 가족을 떠나 홀로 있듯이 스님들도 가족을 떠나 홀로 있습니다. 여러분들이 단체 생활을 하듯이 스님들도 단체 생활을 합니다. 여러분들이 모두 똑 같은 옷을 입고 살듯이 스님들도 똑 같은 옷을 입고 삽니다.

여러분들이 출소의 날을 기다리며 살듯이 스님들은 해탈의 날을 기다리며 삽니다. 여러분들은 인위적인 장벽과 구속으로부터 벗어나고자 하지만 스님들은 마음 안의 번뇌로부터 벗어나고자 합니다.

몸이 자유롭다고 자유인이 아닙니다. 자기의 마음을 다스리지 못하고 끊임없이 일어나는 망상에 자신을 빼앗긴다면 자유가 없는 노예인 것입니다. 고요히 자기의 마음 안을 살펴보십시오. 모

192

든 생각을 놓고 가만히 있으려고 해도 되지 않는 것을 알 수 있을 것입니다.

천수경에 보면 이런 구절이 나옵니다.

자성 없는 모든 죄업 마음에서 일어나니〔罪無自性從心起〕
한 생각을 돌이키면 죄업 또한 없어지고〔心若滅時罪亦忘〕
죄와 마음 모두 멸해 두 가지 다 공해지면〔罪忘心滅兩俱空〕
이와 같은 참회만이 진실다운 참회라네.〔是卽名爲眞懺悔〕

한 생각이라도 일어난다면 그것은 곧 업(業)이 되어 과보를 받게 됩니다. 일체 번뇌가 멸한 적멸(寂滅)한 자리는 선(善)과 악(惡)이 없으며, 시(是)와 비(非)가 없으며, 생(生)과 사(死)가 없으며, 부처도 중생도 없으며, 깨끗함과 더러움도 없으며, 고요함과 고요하지 않음도 없는 것입니다.

여러분들은 여기에 계시는 동안 의식주를 비롯한 세상사에 신경을 쓰지 않아도 됩니다. 이런 기회에 마음 공부를 잘 하시면 더 없는 귀중한 시간이 될 것입니다."

발우공양鉢盂供養

세조 임금이 오대산 상원사에 가서 스님들과 같이 발우공양을 하고 싶다고 했다.

스님들은 난처했다. 스님들은 승납(僧臘) 순서대로 자리를 앉는데 임금님을 어디에 앉혀야 할지 문제였던 것이다.

그 때, 부처님 탁자 밑에서 동자가 톡 튀어나오더니

"거사님은 여기 앉으셔요."

하며 최고 말석(末席)을 가리키는 것이 아닌가?

이 동자는 바로 문수보살*의 화현이었다.

세조는 가장 끝에 앉아 스님들과 같이 발우공양을 했다.

그리고 나서 이렇게 말했다.

"발우공양에 모든 불법(佛法)이 담겨 있도다."

부처님께서 성도(成道)하신 후에 사천왕(四天王)*이 각각 하나씩의 발우를 부처님께 드렸다는 상징으로 발우 1벌은 4개의 그릇으로 구성된다.

　제일 큰 발우를 불(佛)발우, 다음 것을 보살(菩薩)발우, 다음 것을 연각(緣覺)발우, 제일 작은 것을 성문(聲聞)발우라고 한다. 4개의 발우 외에 다섯 번째의 작은 발우가 만들어지기도 하는데 이것을 시식(施食)발우라고 한다.

　불발우는 어시발우라고도 하는데 여기에는 밥을 담고, 보살발우에는 국을 담는다. 연각발우에는 반찬을 담고, 성문발우에는 천수물(千手水)을 담는데, 천수물이라 함은 공양방의 천장에 붙여 놓은 천수다라니(千手多羅尼)가 비춰지기 때문에 생긴 이름이다.

　현재 행해지고 있는 공양의례(供養儀禮)를 간단히 소개하면 다음과 같다.

　① 영탑(靈塔) 순례의 상징성을 갖는 '회발게(回鉢偈)'

　② 일체 중생의 삼륜공적(三輪空寂)을 기원한 '전발게(展鉢偈)'

　③ 제불보살께 대한 염(念)과 함께 반야바라밀에 대한 귀의를 담은 '십념(十念)'

　④ 음식을 받고서 모든 중생이 선(禪)의 열락(悅樂)으로 음식 삼아 법의 기쁨 충만케 되기를 기원하는 '봉발게(捧鉢偈)'

　⑤ 음식이 오게 된 인연과 나의 덕행을 헤아린 채 오직 도업(道業)을 위해 음식을 먹겠다는 '오관게(五觀偈)'

⑥ 귀신들에게 공양을 기원하는 '출생게(出生偈)'

⑦ 공양을 마친 후 발우를 씻은 물을 아귀에게 주며 그들의 포만을 기원하는 '절수게(折水偈)'

⑧ 공양 후 충만한 내 몸과 마음속에 인연과 과보에 집착하지 않고 일체중생이 신통을 얻기 원한다는 '수발게(收鉢偈)'

더운 여름날, 장삼과 가사를 입고 공양의식에 맞춰 공양을 하는 것이 답답하게 보일지도 모르지만, 청정(淸淨), 적정(寂靜), 위의(威儀)를 지키며 여법(如法)하게 공양을 하고 나면 신심(信心)이 절로 생겨나게 된다.

가정에서도 발우공양을 해보면 어떨까?

간단한 뷔페에 해당하는 가정식 발우공양을 하는 것은 조금도 어려운 일이 아니다.

각자의 그릇과 발건(鉢巾)*을 준비하고, 한 사람이 배식을 맡아 하거나, 또는 밥이나 국그릇을 돌려가면서 자기 스스로 먹을 만큼만 담는다. 배식이 끝나면 다같이 합장하고 오관게(五觀偈)를 외운다.

이 음식이 어디에서 왔는가?

내 덕행으로는 받기가 부끄럽네.

마음의 온갖 욕심을 버리고

육신을 지탱하는 좋은 약으로 삼아
깨달음을 이루고자 이 음식을 먹습니다.

공양이 끝나면 각자의 그릇은 발건으로 깨끗이 닦은 다음 제자리에 놓아둔다.

가정에서 발우공양을 하면 여러 가지 좋은 점이 있는데, 예를 들어 국가적으로 보면 일년에 15조원이나 하는 음식물 쓰레기의 발생을 크게 줄일 수가 있고, 따로 설거지가 필요 없기 때문에 물을 절약할 수 있으며, 환경오염을 크게 막을 수가 있을 것이다.

....

문수보살: 석가모니불의 왼쪽에 있는 보살로 지혜의 상징.
사천왕(四天王): 수미산의 동서남북 4주를 수호하는 신. 지국천왕(동), 광목천왕
　　(서), 증장천왕(남), 다문천왕(북)으로, 사찰의 초입에 있는 사천왕문에 험상궂
　　은 얼굴로 모셔져 있다.
발건(鉢巾): 발우를 닦는 수건.

탁발托鉢

　부처님께서는 평생 동안 걸식(乞食)을 하셨다. 부처님의 제자들도 당연히 걸식을 하였다.

　비구(比丘)라는 말에는 다섯 가지의 뜻이 있는데, 그 중 한 가지는 '사유재산을 쌓아 두지 않고 걸식하여 지내는 것'이다.

　부처님의 제자 아난 존자는 부잣집만 골라서 탁발을 하였다. 부자는 교만하여 남을 업신여기고 보시에 인색하여 복을 짓지 못하기 때문에 그들에게 복을 지을 수 있도록 해주기 위해서였다.

　이에 비해 가섭 존자는 가난한 집만 골라서 탁발을 하였다. 가난한 사람은 남에게 베푸는 것에 인색하고 보시하기가 어렵기 때문에 그들에게 복을 지을 수 있도록 하기 위해서였다.

　어느 날 가섭 존자가 가난한 마을에 들어가 탁발을 하고 있을 때 유마 거사가 다가가 가섭 존자에게 이렇게 말하였다.

"가섭이여! 평등한 법에 머물러 걸식해야 합니다. 먹기 위한 것이 아님으로 걸식을 해야 하며, 다섯 가지 요소에 의하여 구성된 육체를 깨뜨리기 위한 것이니 마땅히 주먹밥을 먹어야 하며, 받기 위한 것이 아닌 까닭에 마땅히 그 음식을 받아야 합니다.

사람이 살지 않는 마을이라는 생각으로 마을에 들어가야 하며, 형상을 보아도 장님처럼 대해야 하며, 소리를 들으면 메아리를 듣는 듯이 하고, 향기를 맡아도 바람과 같이 하며, 먹고도 맛을 분별하는 일이 없어야 하며, 온갖 감촉을 느껴도 번뇌를 끊어버린 깨달음의 경계에서 느끼듯 해야 합니다. 또 존재하는 모든 것을 환영(幻影)같이 알며, 법에는 자성(自性)과 타성(他性)도 없으므로 그 자체로서는 생기지 아니하므로 멸(滅)하는 일도 없습니다."

부처님께서는 제자들에게 가난한 집과 부잣집을 가리지 말고 차례로 일곱 집을 돌며 탁발하라고 하셨다. 이것을 차제걸식(次第乞食)이라고 한다.

탁발(托鉢)이란 목숨을 발우에 기탁한다는 의미로 걸식과 같은 뜻이다.

탁발을 생활수단으로 정한 데에는 두 가지의 종교적 의미가 담겨져 있다.

첫째는 수행을 방해하는 가장 큰 독소인 아만과 아집을 없애는 것이고, 둘째는 보시하는 이의 복덕을 길러주는 것이다.

탁발을 통해 신도는 수행자에게 물질적인 보시를 하고 스님들은 신도들에게 법보시(法布施)를 함으로써 삶의 현장에서 교화가 이루어지는 것이다.

지금도 스리랑카, 태국, 미얀마 등의 동남아시아 불교국가에서는 부처님 당시의 방식 그대로 탁발을 하고 있다. 그들은 오후 불식을 철저히 지키고 있다. 저녁 공양을 하게 되면 욕심이 생겨 음식을 더 많이 받아오게 되는 것도 오후 불식의 이유 중 하나일 것이다.

부처님 당시 처음에는 하루에 한 끼만 먹었는데, 어린 라훌라가 출가한 뒤 배가 고파서 힘들어하는 것을 본 부처님은 아침 공양을 허기를 달랠 만큼만 먹을 수 있도록 허락하셨다.

절에서는 아침 공양을 신죽(晨粥)이라 하여 죽을 들고, 저녁 공양은 약석(藥石)이라고 하는데, 이는 옛날 사람들이 배가 아플 때 배를 문지르던 조그만 돌(藥石)만큼 조금만 먹으라는 의미이다.

점심 공양을 뜻하는 점심(點心)이라는 말은 '마음에 점을 찍는다'라는 의미이니 식사 이상의 뜻이 있다고 하겠다.

부처님께서는 제자들에게 소금을 모아두는 것조차도 허락하지 않으셨다. 수행자는 철저히 무소유여야 한다는 것이었다.

그러나 우리 나라처럼 겨울이 추운 나라에서는 사시사철 탁발로 살아가는 것이 어려운 일이므로 절에서 음식을 만들어 먹게 되었다.

약 삼십 년 전만 하더라도 강원에 들어갈 때에는 자기가 먹을 식량을 탁발하여 가지고 가서 지냈다고 한다.

요즈음 조계종에서는 탁발을 원칙적으로 금지시켰다. 사이비 승려로 인한 폐해가 컸기 때문이다. 가끔 불우이웃 돕기를 위한 탁발이 이루어지기는 하지만 이제는 탁발하는 기회가 없어진 것이다.

요즈음 절집 살림은 그 옛날에 비한다면 너무 호화롭게 되었고, 스님들의 의식도 너무 사치스럽게 되었다. 대중 처소에 가 보면 툭 하면 반찬이 적다는 둥, 너무 짜다 싱겁다는 둥, 과일이 없다는 둥 잔소리가 많다.

한 끼의 밥을 빌어먹어야 한다고 생각해 보면 내 앞에 놓여 있는 공양이 얼마나 소중한지를 알게 될 것이다.

대작불사 大作佛事

스님들은 심심하면 옷 손질을 한다.

무명옷에 풀을 먹여서 다림질을 한다.

헤진 데가 있으면 천을 덧대어 기운다. 자꾸자꾸 기워 입다 보면 누더기가 된다.

한 벌의 옷을 이 사람도 기우고 저 사람도 기우고 하다 보면 많이 기운 옷일수록 정이 간다.

옷 손질을 마치면 대작불사(大作佛事)를 마쳤다고 하고 주위의 스님들도

"대작불사를 하셨습니다."

하고 인사를 한다.

사찰을 하나 지으려면 쉬운 일이 아니다. 목재에다가 기와 올리고 단청하고 불상에 탱화에 종이니 북이니 다 하려면 어마어마

한 돈이 들어간다.

불사(佛事) 잘 해놓았다고 소문이 난 절이 있어서 구경을 가보았더니 법당 안에 옻칠하는 데에만 3천만 원이 들었다고 한다.

이제는 천불(千佛)조성이니 만불(萬佛)조성이니, 동양최대니 세계최대니 하는 외형적인 불사보다는 교육, 포교, 복지, 인재양성 등 내실 있는 불사에 힘을 쏟아야 하지 않을까?

오마니

세상에 태어나서 처음 배우는 말이 '엄마'이다.

조금 더 자라면 '어머니'라고 한다. 북한에서는 '오마니'라고 한다.

왜 어머니, 오마니라고 했을까?

불교 다라니 중에 '옴마니반메훔'이라는 진언이 있다.

안이비설신의(眼耳鼻舌身意)를 본떠 만들었다고 한다. 육도 중생을 나타내는 말이라고도 한다. 육도 중생은 천상, 인간, 아수라, 축생, 아귀, 지옥을 말한다. 천수경에서는 '관세음보살 본심미묘 육자대명왕 진언 옴마니반메훔'이라고 한다.

티베트 사람들은 언제나 '옴마니반메훔'을 외운다. 죽을 때에도 '옴마니반메훔' 하면서 죽는다.

여섯 자는 길어서 석 자로 말하면 '옴마니'가 된다.

'옴마니'가 곧 오마니요, 어머니가 된 것이 아닐까?

차려와 쉬어

학교나 군대에 가서 처음 익히는 것은 '차려'이다.

정신을 바짝 차리라는 말이다. 몸을 마구 움직이면 정신을 잘 차릴 수가 없기 때문에 우선 몸부터 꼼짝을 하지 않는 것이다.

'차려'가 되면 그 다음으로 '쉬어'를 한다.

긴장을 풀고 쉬라는 말이다. 쉰다는 것은 논다는 것과는 다르다.

참선 수행도 '차려'와 '쉬어'를 잘 하여야 한다.

'차려'를 잘 해야 '쉬어'가 의미가 있다.

또한 쉴 줄 모르는 사람은 '차려'를 제대로 할 줄 모르는 사람이다.

《진심직설(眞心直說)》에서 보조국사는 무심(無心)공부 하는 방법을 열 가지로 요약하여 설명하였는데 그 첫번째가 각찰(覺察)이고, 두 번째가 휴헐(休歇)이다.

각찰은 깨달아 살핀다는 뜻으로 '차려'에 해당되고, 휴헐은 '쉬어'에 해당된다고 하겠다.

감로수甘露水

　　교통대란, 의료대란, 취업대란에다가 출근전쟁, 범죄와의 전쟁, 살과의 전쟁, 적조와의 전쟁, 물과의 전쟁 등등 온통 전쟁 투성이다. 얼마 전 TV 뉴스에서는 '정부는 지방세 체납자와의 전쟁을 선포했다'라고 보도하는가 하면, 심지어 명절 때 고향 가는 길을 흔히 귀성전쟁이라고 하고, 서울로 돌아오는 길을 귀경전쟁이라고 말한다. 결승경기라고 해도 될 것을 결승전(決勝戰)이라고 하고, 정상 등반 시도를 정상 공격이라고 한다.

　　이렇게 전쟁문화 속에서 자라는 우리네 아이들은 컴퓨터 전쟁 게임에 푹 빠져 있다.

　　사회 폭력, 가정 폭력, 학교 폭력은 날로 심각해져가고 있다.

　　모르는 사이에 폭력에 익숙해지고 길들여진 우리들에게 달라이 라마의 말씀은 감로수(甘露水)가 되지 않을까 싶은데 정부의 입국허가가 나지 않아서 방한(訪韓)이 이루어지지 않고 있다.

달라이 라마는 평화의 전도사이다. 그가 노벨 평화상 수상자여서가 아니라, 그의 삶 자체가 평화이다. 그 속에서 우러나오는 그의 가르침은 종교를 뛰어넘어 모두를 따뜻하게 만든다. 그의 방한이 하루빨리 성사되어 폭력과 전쟁문화에 젖은 우리들에게 감로수를 내려줄 날을 기대해본다.

자동차와 TV

'현대인은 자동차로 인해 자신을 잃어버렸고, TV로 인해 이웃까지 잃어버렸다'는 말이 있다.

내 고향에서 중학교까지는 이십 리 길이었는데 대부분 걸어서 다녔다. 개천이 그대로 길이어서 물을 이리 건너고 저리 건너면서 자갈길을 걸었다. 가을이 되면 코스모스가 개울을 가득 메웠고 그 코스모스 속으로 걸어 다녔다.

봉암사에 살 적에 삭발일마다 조실 스님을 모시고 법문을 들었다.

범룡 노스님께서 조실(祖室) 스님*으로 계셨는데 당신이 젊은 시절에 금강산 마하연에서 안거를 지내고 나서 부산 범어사까지 걸어오신 이야기를 해 주셨다.

자동차가 생기고 나서 요즈음 사람들은 짧은 거리도 걸으려고 하지 않는다. 그저 빨리 가려고 야단이다. 조금 행동이 느리면 뒤에서 빵빵거리면서 욕을 해댄다. 과속을 하다가 걸리면 한 번만 봐 달라고 사정하고 그래도 안 되면 재수 더럽게 없는 날이라고 하면서 침을 뱉어버린다.

자동차를 몰고 갈 때에는 비가 와도 싫고, 눈이 와도 싫다. 중앙선 하나에 목숨이 왔다갔다하고 음주 운전자 잘못 만나면 멀쩡하던 사람이 순식간에 황천길로 가 버린다.

걸어가면 모든 것이 길동무가 된다.

시원한 바람이 있고, 새소리 물소리가 있고, 꽃내음 흙내음이 있다.

옛날에는 화롯불에 고구마 구워 먹으며 할머니한테 옛날 이야기를 들으며 아이들이 자랐다. 그런데 요즈음은 할머니보고 시끄러우니 조용히 하라고 하고서는 TV만 쳐다본다.

TV가 가족도 친구도 이웃도 모두 빼앗아 가버렸다.

게다가 요사이는 모두들 컴퓨터 앞에 앉아 시간을 보낸다.

손오공처럼 구름을 잡아타고 십만 팔천 리를 날아가지 않아도 손가락 한 번만 까딱하면 온 세상이 다 보인다.

손가락 까딱하는 것도 귀찮아서 말로 하면 되더니 이제는 그 사람의 표정을 보고 컴퓨터가 알아서 척척 해주는 세상이 되었다.

컴퓨터 게임을 하는 아이들에게 공기놀이, 고무줄놀이, 자치기, 땅 따먹기는 구석기 시대 이야기이다.

요즈음 사람들은 기계 앞에서 대부분의 시간을 보낸다. 그들은 자연과 대화할 시간을 잃어버렸다.

앞으로 인간의 감정을 가진 기계인간이 나오면 사람들은 아마도 기계인간과 사랑을 나누게 되진 않을까?

이른 아침에 숲에서 나는 향기와 대지의 냄새를 맡으며 숲 속으로 걸어가면 발자국 내딛는 것이 조심스러워진다. 안개가 자욱한 숲 속으로 스며드는 아침 햇살은 내 영혼을 맑게 씻어준다. 새소리를 들으며 아침을 맞이할 수 있다는 것이 얼마나 행복한 일인가?

....

조실(祖室) 스님: 한 회중(會衆)을 지도하는 고승(高僧). 대선사.

차 한 잔의 여유

옛사람들은 차(茶)를 즐겨 마셨다. 기록에 의하면 우리 나라 사람들은 삼국시대 초기부터 음다(飮茶)생활을 하였으며, 높은 차 지식을 가지고 있었다는 것을 알 수 있는데, 가야시대 토기에서 찻잔이나 화로 같은 것들이 많이 출토되는 것으로 보아 그 이전부터 음다생활을 하였다는 것을 미루어 짐작할 수 있다.

또한 옛 가락땅인 경남 일대에는 다시곡, 다곡, 차호리, 다방리, 차개리 등 차와 관련된 지명을 가진 곳이 26개소나 된다고 하니 차가 우리 생활과 얼마나 밀접하게 관계 맺었는지 짐작할 수 있다.

그러나 다문화(茶文化)는 숭유억불 정책으로 인한 불교의 쇠퇴, 임진왜란으로 인한 경제의 파탄, 그리고 차에 대한 과도한 세금 등으로 인해 점점 쇠퇴하게 되었다.

지금도 사찰에서는 새벽예불을 올릴 때에 다음과 같은 '다게(茶

212

偈)'를 한다.

　　내 이제 깨끗한 물을 올리오니 〔我今淸淨水〕
　　감로차로 변하여지이다. 〔變爲甘露茶〕
　　삼보 앞에 올리오니 〔奉獻三寶前〕
　　자비로이 거두어주소서. 〔願垂哀納受〕

　　차를 마시는 것은 예절을 익혀 남을 존경하고 사랑하게 되고, 머리를 맑게 하여 지혜롭고 총명하게 되며, 행동은 조용하고 침착하며 여유롭고 부드럽게 하게 되고, 마음에는 욕심이 없어지고 한 잔의 차에 천하를 다 얻은 것 같은 성취감을 맛볼 수가 있으며, 평온하고 고요한 마음의 상태에 이르게 된다.

　　차는 눈으로는 그 정갈함을 맛보고, 코로는 그윽한 향기를 맛보며, 혀로는 차 잎에서 우러나는 깊은 맛을 느끼고, 손으로는 차의 따뜻한 온기를 느끼며 마신다. 그래서 차는 음미(吟味)한다고 한다.

　　예로부터 차의 맛에는 쓴맛, 떫은맛, 신맛, 짠맛, 단맛 등 오미(五味)가 있다고 한다.

　　차를 마실 때에는 다관과 찻잔을 데우고, 물의 온도를 적당히 맞추어야 하며, 차의 맛이 적당히 우러나도록 기다리는 여유가 필요하다.

무쇠 솥에 불을 때어 밥을 짓던 것은 전기밥솥으로 바뀌었고, 뚝배기에 국을 끓이던 것은 양은냄비로 바뀐 뒤부터 사람들은 삶의 여유와 낭만을 잃어버렸고 너무나 각박해져 버렸다.

모두들 너무나 바쁘게 움직인다. '빨리빨리'가 우리의 철학이 되어버렸다. 너나 할 것 없이 바쁘게, 빨리빨리 움직여서 개미처럼 부지런히 일만 했는데 어느 날 갑자기 국가경제가 부도날 지경이 되어 부랴부랴 IMF에 살려달라고 사정을 해야 하니 도대체 무슨 영문인가?

그 동안 우리는 경제개발이다 하여 물질적인 면에 너무 치중하다보니 정신적 가치에 대해 소홀하였다. 내실을 다지지 못한 채 외형만 키워온 것이다.

제주도 약천사 입구에 다솔산방(茶率山房)이라는 전통찻집이 있다.

창문 너머로 야자수가 서 있고 솔향기가 가득한 곳이다.

다솔산방에서는 차를 마시러 온 손님들에게 무료로 차를 대접한다. 스님이라고 받지 않는가 했는데 알고 보니 아무에게도 차값을 받지 않는다는 것이다.

재정문제는 제주도 유자차, 동충하초, 토종 벌꿀, 제주산 옥돔 등 각종 토산품과 다기(茶器)같은 것을 판매하여 운영한다고 한다.

다솔산방을 찾아오는 손님들에게 손수 차를 달여주시며 행복
을 느끼는 아주머니의 인생은 분명 아름다운 인생이리라.
한 잔의 차를 달여 마실 수 있는 삶의 여유를 가져볼 일이다.

아름다운 비행飛行

지금까지 본 영화 중에서 가장 감동 깊게 본 영화를 꼽으라면 나는 조금도 주저하지 않고 〈아름다운 비행〉을 꼽는다.

아무리 여러 번 보아도 싫증이 나지 않는다.

에이미는 교통 사고로 엄마를 잃고 나서 아빠와 둘이서 살게 되었다.

어느 날, 불도우저가 밀어버린 숲속에서 거위 알을 주워 집으로 가져 왔다. 알에서 부화된 거위 새끼들은 에이미를 어미인 줄 알고 졸졸 따라다녔다.

그런데 날 줄을 모르는 것이었다. 나는 법을 가르쳐 줄 어미가 없었기 때문이다. 그래서 에이미는 작은 비행기를 타고 거위들에게 나는 것을 가르쳤다.

거위는 철새라서 겨울이 되면 남쪽으로 이동을 해야 했는데 이동을 할 줄 몰랐다. 그래서 에이미와 아빠는 작은 비행기를 타고 거위들을 캐나다에서 미국으로 600km를 비행하여 데리고 갔다.

사람들은 거위들이 도착한 늪을 개발하지 않고 그대로 보존하기로 하였다.

누런 가을 들판을 거위들과 함께 날아가는 장면은 그야말로 영화의 한 장면이었다.

삼척시 가곡면 풍곡에 가면 덕풍 계곡이 있다.

정감록에 보면 "9년 흉년에 곡식 종자를 삼풍에서 구하고, 12년 도적의 싸움에 사람의 씨를 양백에서 구한다"라는 구절이 있는데 여기서 말하는 삼풍 중에 한 곳이 바로 이 덕풍 계곡이다.

몇 해 전만 해도 찾는 사람이 거의 없었는데 최근에 TV에 몇 번 소개되고 나서 입구에 대형 주차장이 만들어졌다.

이 덕풍 계곡은 심산유곡 오염되지 않은 곳이라 산천어가 서식하고 있었다. 산천어는 물이 맑고 아주 차가우며 용존 산소가 풍부한 하천의 상류에 서식하는 희귀 어종으로서 우리 나라에서는 울진 이북의 동해로 유입되는 하천에만 서식하고 국외에서는 일본, 알래스카, 구소련에만 분포한다고 한다.

얼마 전에 이 덕풍 계곡을 찾아가 보았는데 기분이 씁쓸하였다.

　이런 안내판을 보았기 때문이다.

　　〈덕풍계곡자연유원지 플라이낚시터 이용안내〉

　　낚시어종: 산천어

　　개장기간: 매년 3.1~11.30

　　이용방법: 회원제 운영(회원증 소지자에 한하여 낚시 가능)

　　이용방법: 플라이낚시터 사용료(회원 가입시 일시납부)

　　　　　정회원(3년) 100,000원, 준회원(1년) 50,000원,

　　　　　일반회원(1개월) 20,000원

　　회원가입접수 및 문의처: 삼척시청 관광개발과

　희귀 어종이니 아무나 잡으면 안 되고 돈 내고 잡으라는 얘기가 아닌가?

　낚시할 곳이 없어서 이 깊은 산 속의 산천어를 잡나?

경주 남산

경주 시내 남쪽에 남산이 있다.

산의 높이가 해발 494m밖에 되지 않고, 크기가 동서 4km, 남북으로 8km밖에 되지 않는 작은 산이지만 산 속에 들어가 보면 기암괴석과 송림(松林)이 어우러진 심산유곡이다.

경주 남산은 북쪽에 있는 금오산(468m)과 남쪽에 있는 고위산(494m)으로 나뉘어진다. 김시습이 《금오신화》를 쓴 곳이 바로 이곳 금오산 용장사이다. 지금은 빈터에 잡초만 무성할 뿐이다.

이곳에 가면 용장사곡 삼층석탑이 있다.

이 석탑은 기단이 없이 자연 바위 위에다 탑을 세웠다. 산을 탑의 기단으로 삼았으니 높이 4.5m의 탑이 아니라 온 산이 탑이 되어 버린 것이다. 산과 하나가 된 탑을 올려다보며 용장계곡을 걸어 들어오게 한 신라인들의 지혜가 느껴진다.

이 석탑 조금 아래쪽에 용장사곡 석불좌상이 있다.

자연석의 윗면을 가공하여 그 위에 북(鼓) 모양의 기둥돌 세 개와 쟁반 모양의 둥글고 넓은 반석(盤石)을 조각하여 사이사이로 서로 바꾸어 얹어 3층이 되게 쌓아올려 좌대를 만들고, 그 위에 불상을 안치하였다.

가장 아래쪽의 기단돌은 자연석으로 하고, 기둥돌과 원반석은 소박하면서도 원만한 곡선으로 되어 위의 연꽃이나 옷주름에 자연스럽게 융화되도록 하였으며, 세 겹으로 핀 연꽃송이 위에 앉아 계신 부처님과 대좌 위로 흘러내린 옷자락들은 아주 섬세하게 새겨져 있다. 연꽃 대좌를 덮고 잔물결치듯이 흘러내린 옷주름을 보며 부처님의 자비로운 미소를 떠올려본다.

반(半)가공으로 슬쩍 손질을 생략한 자연석(기단돌) 위에 곱게 다듬은 불상과 좌대를 올려놓아 자연과 인공이 조화를 이루도록 하였고, 지상과 천상을 연결하여 부처님이 남산에서 나투신 듯, 또는 남산으로 하강(下降)하시는 듯 표현하였다.

그런데 안타깝게도 현재 이 불상의 불두(佛頭)는 유실되고 없다.

《삼국유사》에 보면 용장사 주지 스님이었던 대현 스님이 염불을 하며 이 석불을 돌면 부처님도 따라서 돌았다고 하는데 이는 좌대의 모양이 원형인 데에서 유래된 것이 아닐까 한다.

옛 신라인들은 남산을 부처님이 계시는 곳이라고 생각했다.

신라 32대 효소왕 6년(697)에 경주 동쪽 교외에 망덕사(望德寺)

220

라는 절을 세우고 낙성식을 올리게 되었는데 임금이 행차하여 친히 공양을 올렸다. 그때 몸차림이 남루한 스님 한 분이 찾아와 임금께 "빈도도 재에 참석하기를 바랍니다" 하고 청하였다. 임금은 마음이 언짢았지만 말석에 참석하라 하였다.

재를 마치자 임금은 그 스님을 불러 희롱조로 말하였다.

"비구는 어디에 사는가?"

"예, 남산 비파암에 삽니다."

"돌아가거든 임금이 친히 불공하는 재에 참석했다고 다른 사람에게 말하지 말라."

하고 비웃는 듯이 그 스님을 바라보았다.

그 스님은 웃으면서

"예, 잘 알았습니다. 임금님께서도 돌아가시거든 진신석가(眞身釋迦)를 공양했다고 다른 사람에게 말씀하지 마십시오."

하고 말을 마치자 몸을 솟구쳐 구름을 타고 남쪽을 향해 날아가 버렸다.

임금은 놀랍고 부끄러워서 그 날아간 방향을 향해 수없이 절을 하고 신하들을 보내어 진신석가를 모셔오도록 하였다. 신하들은 비파골 안에 있는 삼성곡에 이르러 발우와 지팡이가 바위 위에 있는 것을 발견하였다. 진신석가 부처님은 발우와 지팡이만 남겨 두고 바위 속으로 숨어버렸던 것이다. 효소왕은 할 수 없이 비파암 아래 절을 짓고 석가사(釋迦寺)라 이름하여 진신석가 부처님께

사죄하고, 숨어버린 바위에는 불무사(佛無寺)라는 절을 지어 없어진 부처님을 공양하였다. 그리고 한 절에는 발우를 두고, 한 절에는 지팡이를 두었다.

신라인들은 바위 속에 숨은 부처님을 친견하기 위해 바위마다 부처님을 새겼고, 마치 바위 속에서 몸을 나투시는 듯 표현하였다.

남산에 있는 불교유적으로는 절터가 147곳, 불상 106채, 탑 82기, 석등 21기, 연화대 19기 등이 확인되었다.

《삼국유사》에 '하늘에 별처럼 절이 있고 날아가는 기러기떼처럼 탑이 서 있다'고 표현한 것이 조금도 과장이 아님을 알 수 있다.

그래서 흔히 경주 남산을 '노천 박물관'이라고 한다.

경주를 아는 사람들은 '남산을 가보지 않으면 경주를 본 것이 아니다'라고 말한다. 남산에 가보면 외국인이 많이 보이고 특히 일본 사람들이 많이 눈에 띤다.

지금은 그 많던 절은 거의 다 없어지고 석탑은 무너졌으며 석불은 목이 잘린 채 나뒹굴고 있다. 남산 칠불암 석불은 코가 떨어져 나간 것을 시멘트로 붙여 놓았는데 차라리 그대로 두었더라면 하는 생각이 들었다.

나는 남산에 갈 때마다 남산 서쪽에 있는 포석정에서부터 동쪽에 있는 탑동까지 남산을 동서로 관통하는 순환도로를 보면 포크레인으로 온 산을 파헤치면서 이런 큰길을 내어야 하는가 하는 의문이 든다.

산에 가고 싶으면 걸어서 가면 되지 굳이 차를 타고 가야만 하나?

산에 올라가서까지 자동차 매연을 마신다는 것은 유쾌한 일이 아니다. 지금은 입구에 쇠말뚝을 박아 놓고 자동차의 통행을 제한하고 있는데 그런다고 훼손된 산이 복구가 되나?

2000년 2월에 경주 남산을 유네스코 세계문화유산으로 등록하기 위해 유네스코 조사단이 남산을 찾았다. 그들 눈에는 산을 동서로 횡단하는 자동차 도로가 어떻게 보였을까?

다행히 유네스코에서 2000년 11월 29일에 경주 남산을 세계문화유산으로 결정하고 보존에 힘쓰기로 하였다.

신라인들에게는 부처님이 머무는 불국토(佛國土)였고, 서방정토(西方淨土) 극락세계였던 성산(聖山)이 오랜 세월 잊혀져 있다가 이젠 세계인의 유산이 되어 우리 앞에 서 있는 것이다.

남산에는 솔바람이 있고, 전설이 있고, 부처님의 미소가 있다.

남산에는 조용한 아침이 있고, 석양빛 고운 저녁이 있다.

그리고 천년의 숨결과 침묵을 보듬은 달빛이 있다.

당신 앞에 서면

　고등학교 시절에 혼자서 경주를 여행하였다.

　불국사를 둘러보고 나서 걸어서 석굴암에 갔다.

　신라 제35대 임금인 경덕왕 때 재상이었던 김대성이 현세의 부모를 위해서는 불국사를 짓고, 전생의 부모를 위해서는 석불사_(석굴암의 옛 이름)를 지었다고 전해진다.

　소문으로만 듣던 석굴암이라 굴속에 있는 줄로만 알고 입구에 들어서니 거기에 부처님이 앉아 계셨다.

　부처님을 처음 본 순간 나는 그 자리에서 꼼짝도 할 수 없었다.

　그 감동과 신비스러움을 어떻게 표현할 수가 있을까?

　부처님은 온화한 것 같으면서도 기품이 서린 자세로 삼매에 들어 계셨다. 가슴에는 따뜻한 체온이 느껴지는 것 같았다.

　풍만하면서도 균형 잡힌 몸매에서는 자비로움과 엄격함이 느껴졌다.

224

사람이 돌을 쪼아 만들었다고 하기엔 너무나 완벽했다.

나는 부처님의 존상(尊像)을 우러러보며 그대로 굳어 있었다. 가슴 벅찬 환희에 한 발자국도 움직일 수가 없었다.

유리창 밖의 바닥에서 3배를 올리고 나왔을 때는 5시간이 훨씬 지나 있었다. 오후 12시가 조금 지나서 들어갔는데 5시가 넘어서야 밖으로 나온 것이다.

나중에 스님이 된 뒤에는 유리문 안에 들어가 참배를 할 수가 있었다.

전실 입구에는 양쪽으로 8부신중(八部神衆)이 있고, 금강역사가 문을 지키고 있었다. 다시 사천왕이 호위하고 있는 가운데 주실 안으로 들어가면 부처님이 앉아 계시고, 십대 제자들과 여러 보살들, 대범천과 제석천, 나한들이 빙 둘러 있으며, 석굴 벽면 가운데쯤에는 10개의 감실(龕室)이 있었다.

주실 안에 들어서 보니 본존불과 주실이 생각보다 무척 크다고 느껴졌다. 연화 좌대를 포함한 본존불의 높이가 약 5.5m나 되고, 바닥에서 천장까지의 높이가 거의 9m에 이른다.

가까이 다가가서 바라본 석불은 거대한 바윗덩어리였다. 부처님의 가슴이 엄청나게 크게 보였다.

조그맣게 보이던 뒷벽에 있는 연화광배(蓮華光背)의 크기가 세로지름이 228cm, 가로지름이 224cm나 되는데 4cm의 차이는 전실에 서있는 참배자의 착시현상을 겨냥한 의도된 불일치라고 한다. 전실에 서서 보면 오히려 광배가 정원(正圓)으로 보인다는 것이다.

이러한 안배는 본존불의 위치가 주실 중앙에서 뒤쪽으로 약간 물러나 있는 것에서도 엿볼 수가 있는데, 이는 밝게 보이는 사물이 가까이 보이게 되어 한가운데에 위치한 것처럼 느껴지도록 한 것이라 한다.

천장을 쳐다보면 한가운데에는 둥근 천장 덮개 돌이 태양처럼 올려져 있는데 그 크기가 안쪽 지름이 2.5m, 바깥쪽 지름이 3m, 높이가 1m나 되고, 무게가 자그마치 20톤이나 된다고 한다.

중앙에 있는 천장 덮개 돌을 중심으로 마치 햇빛이 퍼져나가듯, 밤하늘에 별이 떠있듯 여러 개의 쐐기돌이 박혀 있었다.

주실은 해와 달과 별이 빛나는 거대한 우주 공간이었다.

부처님의 얼굴 너머 뒤쪽으로 정확히 일직선상의 뒤쪽 벽에 붙어있는 광배(光背)는 참배자의 움직임에 따라 밤하늘의 달처럼 움직이는데, 절을 하느라 몸을 굽히면 부처님 등뒤로 숨고, 일어서면서 보면 부처님 어깨 위로 살포시 떠오른다.

달이 숨으면 태양(천개석)이 비치고, 태양이 숨으면 달이 떠오르는 것이다.

신라 장인들은 거대한 우주와 하나가 되어 불국토(佛國土)를 장엄하였다. 뜨거운 신심으로 차가운 돌덩이에 살아있는 숨결을 불어넣어, 부처님의 가슴에는 따뜻한 온기가 느껴지고, 금방이라

도 손을 들어 머리를 쓰다듬어주실 것만 같고, 금방이라도 입을
열어 자애로운 법문을 해주실 것만 같다.

억겁(億劫)이 지나도 변치 않을 적연부동(寂然不動)하신 모습이
여!

해인삼매(海印三昧)로 보여주시는 무상설법(無上說法)이여!

당신 앞에 서면
이대로 한 개 돌이 되고 싶습니다.

당신 앞에 엎드리면
이대로 잠이 들고 싶습니다.

우러러보다 못해
눈을 감습니다.

당신은 영원한 님입니다.
당신은 늘 그 자리에 계십니다.

위대한 유산遺産

부처님이 성도(成道)하시고 6년 뒤에 고향인 카필라성으로 돌아오셨다.

부왕(父王)은 성안에 머물기를 간청하였으나 부처님은 성 밖에 머무시면서 하루에 한 번씩 성안으로 탁발(托鉢)을 가셨다.

야쇼다라비는 부처님의 아들 라홀라에게 이렇게 말하였다.

"저기 가시는 저 분이 너의 아버지란다. 가서 유산(遺産)을 물려달라고 하거라."

라홀라는 부처님께 가서 유산을 물려달라고 하였다.

부처님은 어린 라홀라를 데리고 가셔서 출가(出家)를 시키셨다.

부처님은 아들에게 가장 큰 유산을 물려주신 것이다.

무소의 뿔처럼

소리에 놀라지 않는 사자처럼
그물에 걸리지 않는 바람처럼
흙탕물에 물들지 않는 연꽃처럼
무소의 뿔처럼 혼자서 가라.

《숫타니파타》

세상 사람들은 눈에 눈곱만 끼어도 닦아내고 옷에 먼지만 묻어도 털어 내면서 정작 마음에 낀 때는 닦아내려고 하지 않는다.

도둑이 무서워 문단속을 하면서도 정작 마음 안에 팔만 사천 도둑이 들락날락거려도 두려워하지 않는다.

본래의 성품이야 물듦이 어디 있으리요마는 한 생각 일으킴으로 말미암아 생사가 벌어지고 삼라만상이 벌어진 것은 어찌하리오.

한 생각만 놓으면 바로 그 자리인 것을 억겁을 꿈속으로 헤매면서 허공꽃을 좇을 텐가?

가끔은 혼자가 되자. 그리고 안을 들여다보자.
가끔은 훌훌 떠나보자. 그리고 모든 것을 놓아보자.
가끔은 바보가 되어보자. 그리고 웃어보자.
가끔은 눈을 감아보자. 그리고 침묵하자.

후기後記

대청마루에 가만히 앉아 청산을 적시는 빗소리를 듣는다.
세상 어떤 음악도 이처럼 아름다운 소리를 내지는 못하리라.

봄비는 포근해서 좋고
여름비는 시원해서 좋고
가을비는 쓸쓸해서 좋고
겨울비는 적적해서 좋고

빗소리에 묻어오는 흙내음이 구수하다.
내일 아침에는 조용히 산길을 걸어보아야겠다.

능印 合掌